己丑杂诗. 二

刘易之◎著

线装書局

图书在版编目（CIP）数据

己丑杂诗.二 / 刘易之著. -- 北京 ：线装书局，
2023.8
ISBN 978-7-5120-5658-9

Ⅰ．①己… Ⅱ．①刘… Ⅲ．①诗词－作品集－中国－
当代 Ⅳ．①I227

中国国家版本馆CIP数据核字(2023)第169376号

己丑杂诗. 二
JICHOU ZASHI.ER

作　　者：刘易之
责任编辑：白　晨
出版发行：线装書局
　　　　　地　　址：北京市丰台区方庄日月天地大厦B座17层（100078）
　　　　　电　　话：010-58077126（发行部）010-58076938（总编室）
　　　　　网　　址：www.zgxzsj.com
经　　销：新华书店
印　　制：三河市腾飞印务有限公司
开　　本：787mm×1092mm　　　　1/16
印　　张：15.25
字　　数：330千字
印　　次：2024年7月第1版第1次印刷

定　　价：68.00元

线装书局官方微信

自 序

　　余之作诗，勉勤再复。好追古意，忘辍不戏。语与兴驱，势逐情起。想尚于作用，欲真于情意。然望前贤厚积，叹晚愚薄微。频效先人，恐惶未遂。诗家千万，终是各自争鸣。评者无数，亦有独到讽追。钟嵘再论，不知又作何等。皎然来评，未晓更有哪言。

　　欲达秾丽之极而反若平淡，琢磨之极而更似天然。然临最难之事而上，怀古旧之风还兢。平水旧韵，始是旧矩。中华新韵，诗同新规。拼补填凑，贻笑昆仲。痴想妄言，感引周边。

子曰："小子何莫学夫诗？诗，可以兴，可以观，可以群，可以怨。迩之事父，远之事君，多识于鸟兽草木之名。"

自　序

　　余之作诗，勉勤再复。好追古意，忘辍不戏。语与兴驱，势逐情起。想尚于作用，欲真于情意。然望前贤厚积，叹晚愚薄微。频效先人，恐惶未遂。诗家千万，终是各自争鸣。评者无数，亦有独到讽追。钟嵘再论，不知又作何等。皎然来评，未晓更有哪言。

　　欲达秾丽之极而反若平淡，琢磨之极而更似天然。然临最难之事而上，怀古旧之风还兢。平水旧韵，始是旧矩。中华新韵，诗同新规。拼补填凑，贻笑昆仲。痴想妄言，感引周边。

湖北大冶　刘易之
共和国六十八年七月丁酉白露

父曰："诗贵乎情。"

正之弟云："骈俪有章。"

目 录

2016年（104首）

迎新年

洛神宋玉梦巫山，望帝楚王思杜鹃
千载故闻当野趣，一年锐志现华篇

2016年12月29日

减字木兰花·丙申岁贺母亲大人生辰

一添几秩，喜上眉梢才冬至
还要轻盈，曼妙轻歌婺女形

春来秋去，日日阳光都艳旭
尽是怡情，胜比莘昭鸾韵明

婺女，意女宿，喻女寿星，有"宝婺增辉"说。莘昭，即唐代宋若莘、宋若昭姐妹。

2016年12月24日

临江仙·又是一岁

一岁又添欢喜事
几多醉后错词
真心还好去邪痴
今天将酒饮
还想赏清诗

倒海翻江觅筌句
那番热烈情思
再读致远退之时
汉唐经往处
潇洒众人辞

筌句,旧作律诗先得一联,更思一联配之,配联为筌句。
汉唐经往处,元代张养浩《山坡羊·潼关怀古》曲云:
"伤心秦汉经行处,宫阙万间都做了土。"
2016年12月19日

如梦令·那晚

前日几杯醉否
酒后可曾长袖
别笑早归回
难为莼鲈招诱
知否，知否
意倦身疲想走

晋代张翰，字季鹰，洛阳作官，见秋风起，想到家乡菰菜、莼羹、鲈鱼脍，遂折返。

南宋辛弃疾《沁园春·带湖新居将成》词云："意倦须还，身闲贵早，岂为莼羹鲈脍哉。"其《水龙吟·登建康赏心亭》词云："休说鲈鱼堪脍，尽西风，季鹰归未？"

2016 年 12 月 18 日

读《司马法》

仁直信义一变专，受法立疾服色淫
人正巧辞火兵水，成章立法七政行

先秦《司马法》云："一曰人，二曰正，三曰辞，四曰巧，五曰火，六曰水，七曰兵，是谓七政。荣、利、耻、死，是谓四守。容色积威，不过改意。凡此道也……

"凡治乱之道，一曰仁，二曰信，三曰直，四曰一，五曰义，六曰变，七曰专。立法，一曰受，二曰法，三曰立，四曰疾，五曰御其服，六曰等其色，七曰百官宜无淫服。"

周末兴作

茉莉花香音乐伴，晨曦东照空闲时
翻书爱众亲仁事，忘却酒杯寒月词

《论语·学而》云："泛爱众，而亲仁。行有馀力，则以学文。"寒月，即农历十一月。

2016年12月17日

无题二

日暮如何是，青灯黄酒时
病中独自饮，醉后漫裁诗

南宋辛弃疾《临江仙·壬戌岁生日书怀》词云："病中留客饮，醉里和人诗。"

2016年12月11日

戏题感冒

感冒一时不自由，叹声孤起陋书楼
谁人能比诗家子，写首七言销病愁

读唐代杜牧诗有感作，其《登池州九峰楼寄张祜》诗云：
百感中来不自由，角声孤起夕阳楼
碧山终日思无尽，芳草何年恨始休
睫在眼前尤不见，道非身外更何求
谁人得似张公子，千首诗轻万户侯

2016年12月11日

十一月丙寅香港沙田

　　风和日丽长流水，大雪时节翠绿装
　　柳眼婆娑鳞浪起，鸟声婉转凫雁扬

　　时陪长子考托福，等待之时修改《中国古代术数基础理论》第二卷。
　　2016年12月10日

乙丑日寅时念思不寐

　　戊夜醒来忆丑年，日沉离去天长眠
　　清凉仲夏再何觅，灵隽九天又怎言

　　半夜回想父亲大人离开一幕。
　　戊夜，即五更，寅时，凌晨3点至5点。丑年，即己丑年，二〇〇九年。日沉，即酉时，下午5点至七点。
　　2016年12月9日

夜读《双梾景闇》

双眉无所霜，驿马卧蚕昌
夜半成书蠹，麻衣神相旁

时读民国叶德辉《双梾景闇》，不少奇谈怪论，又读相术书。传说二十年代，叶因对联侮辱农民运动而被砍头。

2016年12月3日

记一论坛

发言几位各专精，技术潮流都创新
世界缤纷难怪我，谁猜卅后丙和丁

今与朝晖兄参加韩国地方政府巴赫论坛，颇有感。卅后，意卅年之后，卅音戏。

2016年11月22日

未赴同学聚会而作

　　十八学友照片研，姿美态翩百种娴
　　半场幕帷才落下，万般精彩胜从前

2016年11月21日

未赴同学聚会而作二

　　十八学长世人间，再遇开心叙旧前
　　好友宿嫌无阔论，举杯只把酒当言

　　这个年纪，已有同学离世。故同学聚会，无论男女，几乎都会喝几杯。

末赴同学聚会而作三

十八学妹好红颜，还比当年书本边
只怨师生重成绩，不服娇姝秀珠妍

时看同学聚会发女同学合照，有感而作。有人说："如果青春不放肆，老来何以话当年。"

十月庚子访关中古地

三叉路边八角桌，一瓶西凤洗铅尘
袁家倦坐已中午，才访昭陵皇帝坟

昭陵，唐太宗之墓，离袁家村不远。

2016年11月14日

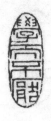

自贺七年之理论书籍落笔

九饮开心处，六十甲子吟
用心还努力，谁比五德行

时电话向母亲大人汇报书籍完成，母亲说："哦，你的书落笔了。"听到"落笔"一词颇有感触，估计二、三十年都没听人这样说过，然小时常听父亲大人说："这个剧本很快落笔了。"

理论书籍，即《中国古代术数基础理论》，拙著，共五卷，写了七年。落笔之时，余无限开心，痛饮十五场。
2016年11月13日

丙申岁丙申月丙戌日丙申时记

天干一气大吉时，遍地是财当认真
往旧几多择日者，功夫下够不疏生

汉代司马迁《史记》有《日者列传》。
2016年9月1日

《七十八事》改至四稿记

七十八件点滴事，千百万般永世情
笑貌音容言乐趣，明哲仁义礼知行

甲午岁末动笔至今丙申岁七月十三寅时改四稿遂记之。
《七十八事》，拙著，回忆父亲大人的七十八件事。
《诗经》云："既明且哲，以保其身。夙夜匪懈，以事一
人。"

2016年8月15日

读西乡诗而作

二秩恍惚如醉眠，痴人初醒耻光鲜
敬勤竭力当今起，匪懈无息直往前

一日读书，见日人西乡隆盛诗，感作，步其韵。其诗云：
几经辛酸志始坚，丈夫玉碎耻瓦全
一家遗事人知否，不为儿孙买美田

无题

　　乾坤家里神，欢快伴明诚
　　恣意每一刻，舒心尽父仁

　　卡夫卡云："有什么比信仰一个家神更快活！"

诗人

　　诗人无所病呻吟，嬉笑评谈总是诗
　　六欲七情再八卦，随时几句不及痴

　　今所谓诗人，不作旧体诗，白痴也。且今旧体诗，言必小桥、流水、风月、愁情，不知诗当言志也。
　　南宋严羽《沧浪诗话》云："学诗有三节。其初不识好恶，连篇累牍，肆笔而成。既识羞愧，始生畏缩，成之极难。及其透彻，则七纵八横，信手拈来，头头是道矣。"

无题

椰树叶飘车马横，海边闲颜往来人

乘兴刮肚两三句，茶后难为酒后能

时在蛇口海上世界一咖啡厅等人，与二伊朗人闲聊，见一摩托开过，海风吹拂，兴起而作。

颜，音委，意安静地左右顾盼，仰俯自如。

题旷姪赛马照

贤姪飒爽尽英姿，袅娜娉婷无不诗
自信驰骋冲闯意，还填翁主少年词

翁主，汉代刘姓王女儿称谓。均弟言："我超级喜欢这张照片 有冲劲 有自信 有快乐"

苍梧谣·无题

正
万事刨根好认真
道何事
用有弗盈成

苍梧谣,词牌名,又名十六字令。全词十六字,三平韵,最短词。

《道德经》云:"道冲,而用之有弗盈也。"

人虎不辞

人不辞路,虎不辞山
生意人知晓,钱财勿掺

好自为之,各自为时
雨雾天轻看,彩虹情挚

首二句出自电影《一代宗师》。

赞嫖姚校尉

才俊翩翩非庶夫，嫖姚校尉少年出
冠军侯是天骄子，铁骑盛装万木苏

诗赞西汉霍去病。其穷人出生，第一战，十九岁，封冠军侯，最后一战，封大司马。曾职：嫖姚校尉、骠骑将军、冠军侯、大司马。

李广子刺其舅卫青，仅另一大司马，后被其箭杀。武帝对其钟爱无比，其舅姑是帝姐。

千万赞大司马冠军侯

新丰佳酿斗十千，关陇庶侠早是贤
驰往纵刀边漠北，归来酹饮酒泉边

酒泉，传说骠骑将军因胜利而倒武帝所赐酒于河中，与将士同饮，河遂名。

唐代王维有《少年行四首》，感其烦多，录前四句如下：

新丰美酒斗十千，咸阳游侠多少年
相逢意气为君饮，系马高楼垂柳边

雄才大略

　　未央宫殿火灯明，武帝心思谁可知
　　燕雀鸿鹄皆志趣，中原边漠总清识

　　赞汉武帝，雄才大略，无与伦比，帝王第一。其开国号之先河，国号数第一，凡十一，打匈奴用元狩，登泰山启元封。
　　清识，意清高卓远之识。

诉衷情·当年梦里

　　当年梦里想封侯，下海到鹏州
　　而今成就何处，还在旧书楼

　　无所谓，再发谋，去别愁
　　晚来兴趣，把酒开怀，一醉方休

开车八条

不打电话玩手机，集中注意力
遇到人多要减速，永远不赶促
紧急时按应急灯，提示后面人
必要时可鸣喇叭，提醒他人家

直行时不乱变道，不穿花胡搅
转弯时需看牢靠，只走自己道
变道时应侧转顾，看清旁边路
丁字路口辅进主，速度降为无

感国人考驾照之辛苦，不似洛城一日可得。然国人驾驶水平参差，不知驾校所教所考。作诀以示。

婚名诀

纸布皮丝木铁铜，电陶锡钢亚麻花
象牙水晶瓷银重，珍玉红蓝金钻葩

　　1年为纸婚、2年为布婚、3年为皮婚、4年为丝婚、5年为木婚、6年为铁婚、7年为铜婚、8年为电婚、9年为陶婚、10年为锡婚、11年为钢婚、12年为亚麻婚、13年为花边婚、14年为象牙婚、15年为水晶婚、20年为瓷婚、25年为银婚、30年为珍珠婚、35年为玉婚、40年为红宝石婚、45年为蓝宝石婚、50年为金婚、60年为钻石婚。

感陈词

壮士不死不已，何足留名矣
有气，有力
公侯夫卿辟，各种都是游戏

　　秦代陈胜云："王侯将相，宁有种乎"。高祖封陈隐王。扬雄云："或问陈胜吴广。曰：乱。曰：不若是则秦不亡。曰：亡秦乎？恐秦未亡而先亡矣。"
　　公侯夫卿辟，汉贵族称谓。

有感

要离何所前，庆忌那时言
一日无多勇，难说阖闾闲

2016 年 8 月 13 日

《吴氏春秋》

王曰："子何为者？"要离曰："臣国东千里之人，臣细小无力，迎风则僵，负风则伏。大王有命，臣敢不尽力！"吴王心非子胥进此人，良久默然不言。要离即进曰："大王患庆忌乎？臣能杀之。"王曰："庆忌之勇，世所闻也。筋骨果劲，万人莫当。走追奔兽，手接飞鸟，骨腾肉飞，拊膝数百里。吾尝追之于江，驷马驰不及，射之暗接，矢不可中。今子之力不如也。"要离曰："王有意焉，臣能杀之。"王曰："庆忌明智之人，归穷于诸侯，不下诸侯之士。"要离曰："臣闻安其妻子之乐，不尽事君之义，非忠也。怀家室之爱，而不除君之患者，非义也。臣诈以负罪出奔，愿王戮臣妻子，断臣右手，庆忌必信臣矣。"王曰："诺。"

……

要离渡至江陵，慭然不行。从者曰："君何不行？"要离曰："杀吾妻子，以事吾君，非仁也。为新君而杀故君之子，

非义也。重其死，不贵无义。今吾贪生弃行，非义也。夫人有三恶以立于世，吾何面目以视天下之士？"言讫遂投身于江，未绝，从者出之。要离曰："吾宁能不死乎？"从者曰："君且勿死，以俟爵禄。"要离乃自断手足，伏剑而死。

八月十三日观奥运比赛有感

奥运健儿呈技日，艰辛磨练天晓知
世人决意这般笃，长驻青春永不痴

2016年8月13日

点绛唇·丙申岁贺均弟生辰

一岁又来，辛勤欢笑几多事
运筹帷幄，摇扇还挥斥

烂漫青春，弱冠有雄志
不时就，青丝彩缕，心气尚如稚

2016年8月9日

夜半不寐

涓涓雪水汇一河，点点砖屋布九方
几片低云妆夜幕，数声笑语绕西梁

时次法国夏慕尼，夜半不眠，露台吸烟，闻旁酒吧笑声阵阵。

无题

初遇水流如此泱，翻腾湍喘好激扬
高山毕竟发源地，大海原来终老方

时于夏慕尼，见源自阿尔卑斯山流水如此急湍，颇感诧异。

夏慕尼印象

　　昨日云低后，阳光灿烂时
　　蓝天和煦伴，万物竞诗词

无题十一

　　流水轰鸣难至寐，起身门外望星空
　　回思午梦欢欣处，备菜事亲欲用功

　　八月一日，酒店旁河流轰鸣不已，寅时起来，露台吸烟，头顶星繁。余才做梦，为父母做海鲜西红柿牛肉丸汤，工艺清晰，历历在目。
　　2016年8月1日

七月三十一日勃朗峰徒步有感少年们

跋涉翻山多险踪，笑谈戏语好轻松
真如旭日无边景，璀璨朗明万芴丰

　徒步第五日，攀一山峰，感少年笑语轻松。万芴，喻丛山。

2016 年 7 月 31 日

有感

陟险山腰眺远云，彼中腾舞是何君
还应高处学天趣，不要平虚懒道勋

无题十

一尘不染陌街迎，无任舒心动旅情
难忘家乡坡处景，父亲伫立步难行

感欧洲小镇之干净，想父亲大人诗作之无奈。
父亲《回乡偶题》诗云：
一别家乡五十年，此回风景觉萧然
山中幸有青林在，伫立坡前听杜鹃

题本能寺之变

将军做梦未曾料，一万刀枪在眼前
终世功夫成火烬，只能天上斥何缘

飞机上看日本电影《信长协奏曲》，想起织田信长与明智
光秀的恩怨，今无定论。

无题九

听君一路言，催我不端闲
如此相惜重，当知有夙缘

旅途中听伟兄谈其表弟在加拿大去世，教友们无微不至、无任私心照顾，及当地社会人性关怀，感触相当。

无题八

敢言异域风情美，怎忘家乡埙鼓真
烽火几经州府道，难留草草旧山村

看欧人家乡之无限风光，颇感惭愧，历尽烽火，几代建设。南宋辛弃疾《永遇乐·京口北固亭怀古》词云："元嘉草草，封狼居胥，赢得仓皇北顾。"

无题七

汗颜酒醉糊涂日，息怠不勤废寸阴
刺股举烛还有劲，功名不就不修襟

晋代陶渊明《杂诗其五》云："古人惜寸阴，念此使人惧。"北宋司马光说：大禹圣者，乃惜寸阴。

阿尔卑斯徒步第一天中午随作

徒步相肩风景炯，飞鹰镜泊彩云踪
高山白雪蓝天湛，澄净清怡无语从

真是无边风景，美不胜收，大自然之鬼斧神工。头顶，蓝天、白云、飞鹰；身边，高山、白雪、镜湖。

无题六

皎皎月光旁，息宁万物疏
此时生念想，天际美人呼

东汉王逸《离骚序》云："灵修、美人，以譬于君。"

七月廿六自美国到阿尔卑斯山下法国小镇les　houches

万里飞来山脚下，抬头远望雪皑皑
更得烟袅江村衬，一片祥和入画台

2016年7月26日

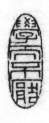

机场遇各色人有感

绿红熙攘赴西东，五彩生活总不同
唯有时光一样去，难和各色谈雌雄

时于美国机场，与长子一起，拟飞欧洲，换了航班。看
熙熙攘攘之各色人群，有感而作。谈雌雄，即论阴阳。
2016年7月25日

无题四

此处日出伊处落，两般相望万般赊
不得奢梦醉天地，只待睡前小酒喝

无题二

歇后几时休，晚来好似秋
丽江初夏夜，一醉有何忧

无题一

落雁那时出梦里，红唇粉黛善眸间
云鬓凤髻雪肤舞，疑在蟠桃瑶宴前

无敌双剑

超级无比馈英雄，君子当年何所极
愧抚更知锋饰妙，分明天上匠仙遗

得古之双剑，无限惊讶，慨工艺之精湛，叹古人之认真。

《大学》云："诗曰：周虽旧邦，其命维新。是故君子无所不用其极。"

无题

泰阿何反握，刚烈有纯钩
他日绝尘去，欢心现我收

丙申岁五月甲子天辅吉时，得一古楚剑，锋利无比，似泰阿纯钩。

泰阿，又名太阿，十大名剑之一，传春秋欧冶子和干将合铸，楚镇国之宝，威道之剑。旧有泰阿反持之讽。

纯钩，亦作纯钩，十大名剑之一，传欧冶子铸，东汉《越绝外传记宝剑·第十三》载有离奇故事。

射击

三蝶连中诧全般，当是神仙把指弯
福祜恩加天惠意，长怀再拜欲斑斓

遵望之贤弟再三邀约，平生第一次射飞碟。一枪三弹，
三发三中，众人皆诧，余亦诧叹。
祜，意保佑，音护。

继续努力

努力早些清暗尘，还差一点未纯真
不应嘻戏临时凑，贻笑天官怠志神

六月走路二十九万九千多步，离目标仅几百步。

七周年祭

扼腕碑前地，念叨心里词
愧提发奋日，当看纵横时

2016 年 6 月 22 日

桓侯庙记

桓侯思虑机谋设，一万兵卒败魏郃
隽秀锦书碑表勒，千年蜀晚识旧哲

阆中张飞庙有一碑，其刻："汉将军飞，率万兵卒大破贼
首张郃于八蒙，立马勒铭。"其又称立马铭，传飞手迹复制。

访阆中有感先贤李太史淳风

一路北行赴道乡，金针钱眼旧闻详
还思际会风云事，难解先贤诗几行

唐代李淳风、袁天罡两位大师在阆中天宫院留有"金针穿钱眼"的传说。诗几行，即两人合著《推背图》中诗。
唐代贾至《送王道士还京》诗云：
一片仙云入帝乡，数声秋雁至衡阳
借问清都旧花月，岂知迁客泣潇湘

戏题扮举人

天开文运跨龙门，身被儒装中举人
挥笔书来欢喜事，择时车去玉銮城

阆中川北道贡院有一匾，书"天开文运"，落款颜真卿，不知真否。然颜书为余推崇之傲骨也，不似东坡、觉斯之流。

有感

观水观山观世界，品茶品酒品人生
蓝天日月相陪衬，嘉世朝夕莫辨腾

五月十五壬申望日，午练后观茶频道有第一句，感作二句。后出门赴晚约，见日月相望，天蓝无云，朝夕不辨，心情舒爽。
2016年6月19日

丙申岁端午

综艺银屏真故事，中华儿女好才能
美人香草诗遥忆，端午时节罍敬呈

时看中央电视台综艺台之优秀才智表演，非常开心。东汉王逸《离骚序》云："离骚之文，依诗取兴，引类譬谕。故善鸟、香草，以配忠贞，……灵修、美人，以譬于君。"
罍，音雷，西周盛酒礼器。
2016年6月10日

无题

静谧阳台仰望空，扶桑此处又行踪
吸烟喝酒寻诗意，恁地心思午宴觥

访春日大社之二

炎夏初来春日社，关西几处旧人间
不期遇见藤堂礼，忽尔念思龚胜言

　　藤堂，即藤堂高虎，一生侍七主，终德川家康。家康终前，其表现感人。然其为如松、麻贵众明将败。其在春日大社有进献灯笼，置于德川纲吉所进灯笼旁。
　　龚胜，西汉人。王莽强征其为太子师友，胜不受，云："吾受汉厚恩，无以报，今年老矣，旦暮入地，岂以一身事二姓哉！"其绝食十四日辞世。

四月丙辰游奈良春日大社

春日社边茶肆屋，绿茵葱郁午时初
歇息浅饮轻松处，店主吆声衬旧都

奈良春日大社外有一茶肆，名"茶荷屋"，颇具旧唐风格。

梅林徒步

荫蔽鸟鸣舒畅地，目标任务新征程
香飘人笑幽深处，酒肆农家老树藤

五月卅一，与子厚徒步梅林。卅万步完成之际，来到一处，见隐于林中之农家乐，几欲痛饮。
扇对。

海上醉

还记邀约观日落，火烧云彩映西天
泛舟海上轻歌醉，扬橹浪边碎语闲

五月廿五游艇。
2016 年 5 月 25 日

感陈孚诗

梅林漫步无穷乐，鸟语深深绿树围
上蔡旧闻书帙里，何因我会晚时归

元代陈孚《上蔡县驿》诗云：
上蔡城边雉兔肥，满川桑枣绿成围
东门牵犬无穷乐，谁谴君侯不早归
《史记》记秦相李斯遭陷，腰斩咸阳。临刑语子："吾欲
与若，复牵黄犬，俱出上蔡东门逐狡兔，岂可得乎！"子哭无
对。
帙，音志，即布帛制书套。

2016 年 5 月 7 日

陪望之贤弟返乡

灰尘路上状元红，烩面碗中乡味稠
村口苗边族老遇，刘新庄里泪晶浮

望之贤弟，祖籍项城刘新庄，名将之后。时路上灰尘，街店吃烩面，喝状元红酒。辗转驱车，始得进庄。偶问一老翁，竟识其父姑。

上蔡怀古

羲皇画卦河滨处，上蔡周秦汉往秋
仁弱扶苏难料事，智昏李氏始尝愁
次公论铁子威计，襄帝好贤龚弟休
还忆中原征战地，鸟鸣晨晓日出头

伏羲氏因蓍草生于蔡地而画卦于蔡河滨。周武王封弟叔度于蔡，建蔡国并以国为氏，传十八代近五百年，史称上蔡。
李氏，即秦相李斯，有东门黄犬言。桓宽，字次公，汉武帝臣，著《盐铁论》六十篇。翟方进，字子威，儒宗，汉成帝相。襄帝，即南汉开国皇帝刘龑兄刘隐，追谥襄皇帝，龑音岩。皆上蔡人。

上蔡感觉

故国城里复西东，李相旧门难再求
何处苦思当日事，路边谩忆往昔愁

二〇一六年五月七日，在上蔡乘车找故国，先到西门，后到东门。西有新城楼，东门则无。西门外访蔡家祠堂旧址无果，路边皆古迹，感李相之"上蔡东门"。

访静居寺不果

净居寺外有横栏，到此苏山差可还
戏笑词人离庙日，教坊歌罢泪阑干

四月己丑到大苏山，路上杆栏，遂返。静、净，相通。南唐中主李煜曾于静居寺听经，闻变仓皇祖降。其曾词："最是仓皇辞庙日，教坊犹奏别离歌，垂泪对宫娥。"

丙申岁初夏己丑朔日访上蔡

　　千载名城埃土会，飞天杨絮柳枝垂
　　蔡国故旧何能觅，几段残垣麦草随

　　时柳絮乱飘，灰尘散扬。寻蔡国故城，识几段古垣，上有麦草。

追思周汉

　　丰镐二地何处寻，沣水西东是故都
　　更始埋头难望看，轻言诸将掠玑珠

　　丰镐，即丰京、镐京并称，为西周都三百年，又称宗周，史上最早称"京"，中国最早城市，于西安市长安区。
　　更始，即汉更始帝刘玄，刘秀族兄，极荒唐。其迁都长安，居前殿，头低挨席，不敢仰视，问众将所抢，左右尽讶。

赞息夫人

桃花庙里有仙魂，息蔡楚国融洽成
劝课崇新教幼主，中原灵后美人神

息夫人，名妫，自立明理，促豫楚交融，有与息侯、蔡侯、楚王虚实三情，一身赴难、劝课农桑、推崇新政、辅幼称霸功勋四项。在河南、湖北，其所经之地多建庙立碑，尊平安神。

息夫人容颜绝代，目眸秋水，艳面胜花，称桃花夫人，一说生时桃花盛开。其死后葬桃花夫人庙，又称桃花庙。

杜牧《题桃花夫人庙》诗云：

细腰宫里露桃新，脉脉无言几度春
毕竟息亡缘底事，可怜金谷坠楼人

金谷坠楼人，即西晋石崇爱妾绿珠，广西合浦人，住金谷园，因石败坠楼殉情。牧诗似言息灭缘妫，不比绿珠，然似误矣。

访光州

紫水西东辨哪方，驱车寻古到街旁
君实旧地看新字，官渡河边酤酒场

司马光，字君实，宋代光山人，主编《资治通鉴》。街旁，即光山旧大街。新字，即民国吉鸿昌于旧县衙石狮题字，今存。

激励

期绩账虚有，蓄增延限生
不知因果处，曾想冀空成

时读五本股权激励书籍，作诗以记。其方法是：股票期
权、业绩股票、账面增值、虚拟股票、储蓄、增值权、延迟
支付、限制股票。
五一于碧桂园凤凰城。
2016年5月1日

访龙虎山二

天师府外天师酒，龙虎山中龙虎深
滴翠季春衬幽境，汉唐旧趣唤仙神

时午宴应天师请，于天师府外一酒楼，喝天师府酒七两
余。
2016年4月23日

丙申岁三月乙亥访龙虎山

云锦城中龙虎山，盎然苍翠树苔斑
春风兴象此为最，游旅欣然雨润衫

时绿色满眼，春雨霏霏，步履方度，好不开心。

2016年4月24日

感景宏橄榄坝事件

徐玲一事闹绵蛮，边寨几乡起汗澜
割腕知青呈义举，誓盟九域有仁安

七十年代末，云南景宏橄榄坝事件始自知青徐玲难产离世，致知青政策终结。感人之处乃一壮士当众割腕，似太史公之取义豪客。

《诗经·雅·小雅·鱼藻之什》云："绵蛮黄鸟，止于丘阿。道之云远，我劳如何。"《毛诗正义·周颂·昊天有成命》云："行其宽仁安静之政以定天下。"

感郭诗

何言金殿千秋业，竖子愚呆寰宇杀
换发易服谁有恨，凤嚎树泣哪风刮

郭沫若《金殿》诗云：
天门开胜景，不觉道途赊
金殿千秋业，红梅几树表
茶香清椅度，松籁净尘沙
蝶翅迎风舞，山头日已斜

金殿，吴三桂修，其供奉像至今存疑，有言吴本人。吴，引清人入关，与父绝交，杀永历帝，圆圆出家，晚年造反，子孙被屠，墓掘尸碎。朱舜水评其"愚呆竖子"。何来千秋业，千秋逆业也。

且郭诗有景无情，胡乱堆砌，徒多遁词，不知所云。
2016 年 4 月 19 日

因对联无语

对联不是对联，上下后前不分
格律几乎遗忘，文明如此传承

四月十五日访金殿后到三丰殿，见对联挂错，说与道士，答有玄机。荒唐至极。后乘索道，又见一联，平仄不匹，顿感失语。

2016年4月15日

进神日

进神日里品龙井，闲宴窗边浮大白
咏利吟钱攒燕聚，良辰吉刻换新排

进神日即甲子日，浮大白即喝酒。燕聚，意相聚宴饮。

2016年4月12日

清明祭

　　盎然春意掺薄雾，碧绿柔情扮菀妆
　　祭祀东郊九宗祖，又思来日要驱忙

　　《诗经》云："菀彼桑柔"。

卜算子·记三月又卅万步

　　卅日倦闲时，自勉迈开步
　　达到目标那瞬间，欢喜没耽误

　　有意自当春，看我疏怀处
　　如燕轻松非以前，岁月当来妒

　　2016年4月1日

廿年庆

二秩清晰在眼前，而今欢快儿女贤
三生欣幸是天意，更要谦勤礼义延

2016 年 3 月 28 日

卅万步

更加十万步，欢喜还疑真
锻炼非闲趣，轻松在我身

比一月多了十万步，计三十万步。
2016 年 2 月 29 日

二〇一六年二月二十八日梅林徒步

日曜日来清水边，春花映绿彩蝶翩
舒心徒步不知类，愧汗读书未敬谦

日曜日，即星期天，唐代之谓也。然时人不知，日韩仍用。不知类，《孟子》云："屈而不信中，此之谓不知类也。"
2016年2月28日

正月十三记廿日廿万步

廿天快步迎新岁，一路景行履坦途
还等诗侠相伴我，蛮笺象管构诗图

景行，大路，意光明正大。《诗经·小雅·车舝》云："高山仰止，景行行止。"
2016年2月20日

如梦令·刺客列传

曹沫专诸豫氏
聂政荆轲高弟
怀念古人辞
太史终篇仁义
无戏，无戏
弹泪忠贞铭记

此正之贤弟修改稿。
2016年2月9日

《史记·刺客列传》

曹沫者，鲁人也，以勇力事鲁庄公。庄公好力。曹沫为鲁将，与齐战，三败北。鲁庄公惧，乃献遂邑之地以和，犹复以为将。

齐桓公许与鲁会于柯而盟。桓公与庄公既盟于坛上，曹沫执匕首劫齐桓公，桓公左右莫敢动，而问曰："子将何欲？"曹沫曰："齐强鲁弱，而大国侵鲁亦甚矣。今鲁城坏即压齐境，君其图之。"桓公乃许尽归鲁之侵地。既已言，曹沫投其匕首，下坛，北面就群臣之位，颜色不变，辞令如故。桓公怒，欲倍其约。管仲曰："不可。夫贪小利以自快，弃信於诸侯，失天下之援，不如与之。"于是桓公乃遂割鲁侵地，曹沫三战所亡地尽复予鲁。

其后百六十有七年而吴有专诸之事……

其后七十馀年而晋有豫让之事……

　　其后四十余年而轵有聂政之事。聂政者,轵深井里人也。杀人避仇,与母、姊如齐,以屠为事。

　　久之,濮阳严仲子事韩哀侯,与韩相侠累有郤。严仲子恐诛,亡去,游求人可以报侠累者。至齐,齐人或言聂政勇敢士也,避仇隐于屠者之间。严仲子至门请,数反,然后具酒自畅聂政母前。酒酣,严仲子奉黄金百溢,前为聂政母寿。聂政惊怪其厚固谢严仲子。严仲子固进,而聂政谢曰:"臣幸有老母,家贫,客游以为狗屠,可以旦夕得甘毳以养亲。亲供养备,不敢当仲子之赐。"严仲子辟人,因为聂政言曰:"臣有仇,而行游诸侯众矣。然至齐,窃闻足下义甚高,故进百金者,将用为大人粗粝之费,得以交足下之驩,岂敢以有求望邪!"聂政曰:"臣所以降志辱身居市井屠者,徒幸以养老母。老母在,政身未敢以许人也。"严仲子固让,聂政竟不肯受也。然严仲子卒备宾主之礼而去。

　　久之,聂政母死。既已葬,除服,聂政曰:"嗟乎!政乃市井之人,鼓刀以屠。而严仲子乃诸侯之卿相也,不远千里,枉车骑而交臣。臣之所以待之,至浅鲜矣,未有大功可以称者,而严仲子奉百金为亲寿,我虽不受,然是者徒深知政也。夫贤者以感忿睚眦之意而亲信穷僻之人,而政独安得嘿然而已乎!且前日要政,政徒以老母。老母今以天年终,政将为知己者用。"乃遂西至濮阳,见严仲子曰:"前日所以不许仲

子者，徒以亲在。今不幸而母以天年终。仲子所欲报仇者为谁？请得从事焉！"严仲子具告曰："臣之仇韩相侠累，侠累又韩君之季父也，宗族盛多，居处兵卫甚设，臣欲使人刺之，终莫能就。今足下幸而不弃，请益其车骑壮士可为足下辅翼者。"聂政曰："韩之与卫，相去中间不甚远，今杀人之相，相又国君之亲，此其势不可以多人，多人不能无生得失，生得失则语泄，语泄是韩举国而与仲子为雠，岂不殆哉！"遂谢车骑人徒，聂政乃辞独行。

杖剑至韩，韩相侠累方坐府上，持兵戟而卫侍者甚众。聂政直入，上阶刺杀侠累，左右大乱。聂政大呼，所击杀者数十人，因自皮面决眼，自屠出肠，遂以死。

韩取聂政尸暴于市，购问莫知谁子。于是韩县购之，有能言杀相侠累者予千金。久之莫知也。

政姊荣闻人有刺杀韩相者，贼不得，国不知其名姓，暴其尸而县之千金，乃于邑曰："其是吾弟与？嗟乎，严仲子知吾弟！"立起，如韩，之市，而死者果政也，伏尸哭极哀，曰："是轵深井里所谓聂政者也。"市行者诸众人皆曰："此人暴虐吾国相，王县购其名姓千金，夫人不闻与？何敢来识之也？"荣应之曰："闻之。然政所以蒙污辱自弃于市贩之间者，为老母幸无恙，妾未嫁也。亲既以天年下世，妾已嫁夫，严仲子乃察举吾弟困污之中而交之，泽厚矣，可奈何！士固为知己者死。今乃以妾尚在之故，重自刑以绝从。妾其奈何畏殁身之诛，终灭贤弟之名！"大惊韩市人。乃大呼天者三，卒于邑悲哀而死政之旁。

晋、楚、齐、卫闻之，皆曰："非独政能也，乃其姊亦烈

女也。乡使政诚知其姊无濡忍之志，不重暴骸之难，必绝险千里以列其名。姊弟俱僇于韩市者，亦未必敢以身许严仲子也。严仲子亦可谓知人能得士矣！"

其后二百二十余年秦有荆轲之事……

赞荆轲樊於期燕丹高渐离

几人虽已没，传世义仁情
明镜铮如此，悠悠何复云

《史记·刺客列传》中有荆轲刺秦王故事，感人。荆行前，问樊将军借头。

晋代陶渊明《咏荆轲》诗云："其人虽已没，千载有余情。"三国《荆州占》云："白虹贯日，臣杀主。"旧星象家称荆刺秦王不成，因"见白虹贯日，不彻。"

立春

绿茵坡上趣，年假笔头松
论命三天累，排书百岁功

时与胡总卫红兄打高尔夫球。论命，旧有立春前后七日问流年运程之俗。时三日有三人问运于余。

2016年2月4日

到万秋楼记

万秋楼里品嬢酒，丰顺联芳遇雨酬
清客难知家主意，何因足止万国游

时至丰顺联芳楼遇雨，后到万秋楼午餐。万秋楼，似万代千秋之意。然主人费十年之心思建成，无缘享受。
2016年2月1日

廿万步决

廿万还容易，坚持匪懈真
诚愚若掷地，必响玉石声

此决，非诀，决心也。南朝宋刘义庆《世说新语·文学》云："孙兴公作《天台赋》成，以示范荣期，云：卿试掷地，要作金石声。"
2016年1月31日

赠勇贤弟

溪口鹅头舞利香，街边铺外桂浆芳
颐颏美味如何有，当去邻家药铺尝

时在潮州，勇贤弟言其鹅美味，曾上央视，驱车辗转，无奈售罄。次日再访，终于得尝。桂浆，此指卤水，基于肉桂等药材。

2016年1月31日

元月卅一日与望之众贤弟游

大夫第里礼茶祥，天井关中潮女香
岁近新春寒已过，单丛茗萃厝中尝

时在潮州，到一大夫第，有茶礼秀。潮女色美，单丛味醇。厝，潮话，音错，意住地。

2016年1月31日

太公望

武庙十哲白起猛，穰苴孙武再吴公
张良乐毅和韩信，诸葛李唐靖勣雄

唐肃宗于上元元年（760年）尊太公望为武成王，祭同孔子。太公尚父庙更名武成王庙，称武庙。武庙主神太公望，副祀张良，历代十将分列左右。

左列：秦武安君白起、汉淮阴侯韩信、汉丞相武侯诸葛亮、唐尚书右仆射卫国公李靖、唐司空英国公李勣。

右列：汉太子少傅留侯张良、齐大司马田穰苴、吴将军孙武、魏西河守吴起、燕昌国君乐毅。

2016年1月30日

二〇一六年元月廿二日同诸君游朱家角遇雨

朱家角里小河边，酒肆杂谈忘所言
淅沥雨中返程路，瑶墀漫步有悠闲

时二十二日，饮无食，于上海，小桥流水，别有风味。瑶墀，石阶美称，该处尽石板路。

扇对。

酒后翻诗稿

醉不读书翻旧稿，数得去岁百十多
论评讥讽皆滋味，入睡酣醺梦哪坡

传苏轼因白居易《步东坡》而名东坡。其诗云：
朝上东坡步，夕上东坡步。东坡何所爱，爱此新成树。
种植当岁初，滋荣及春暮。信意取次栽，无行亦无数。
绿阴斜景转，芳气微风度。新叶鸟下来，萎花蝶飞去。
闲携斑竹杖，徐曳黄麻屦。欲识往来频，青芜成白路。

2016年1月6日

二〇一六年元旦路遇有感

巳时路遇父女闲，怀抱坐拥偎爱连
无谓艰辛先小憩，翩翩翻看不多言

今晨，一六年元旦，早茶后，街转角处，遇一清洁工怀
抱小女闲坐花圃边看报。
《列子·黄帝》云："不偎不爱"。

2016年1月1日

元旦试笔

执笔砚边几字停，暂歇酒味效昔形
一年之始纸中试，书记翩旋响钤钤

元日试笔，古习俗。今人不知，日人承继，荒唐。

书记翩旋，意书写文字洒脱。钤，意威慑管束，古有
《虎钤经》。

2016年1月1日

还要努力

月十六万五千米，勤力不隤有怠时
今晚开怀辞旧岁，来年拾趣作新诗

一月走了十六点五公里。

隤，音颓，意倒下，此处意停。《诗经·樛木》云："乐
只君子，福履成之。"

2015年12月31日

2015年（114首）

感一些留日国军将领

　　武经七部似读过，遗忘祖彝谁汗颜
　　军校几年学吊事，指挥卒士罔豪言

　　武经七书，北宋朝廷颁布兵书集，古代第一部军事教科书，即：《孙子兵法》、《吴子兵法》、《六韬》、《司马法》、《三略》、《尉缭子》、《李卫公问对》。
　　旧时多少国军将领在日本军校学习，学什么呢，日人所教还是汉唐兵法。彼等是否认真学过武经七书，不得而知。
　　《孙子兵法》云："不可胜在己，可胜在敌。"
　　2015年12月16日

有感

朋友切偲几，怡怡兄弟兮
我今当病己，还可有能伊

《论语》云："切切偲偲，怡怡如也"。切切偲偲，意互相
敬重、切磋勉励状。怡怡，意和气状。

《论语》云："子曰：君子病无能，不病人之不己知也。"
汉宣帝刘询，武帝曾孙，一代中兴之主，文武双全贤明帝王，
其名刘病己，似出《论语》。

2015年12月14日

临江仙·乙未岁再读辛词感作

卅有几年成何事
糊涂错对难知
而今努力又重来
凌霄无限志
自笑再别痴

厥命维新真古训
男儿诚义当知
古来智者尽如斯
凡尘多旧闻

偏爱大学词

南宋辛弃疾《临江仙·壬戌岁生日书怀》词云：

六十三年无限事，从头悔恨难追。已知六十二年非。只应今日是，后日又寻思。

少是多非惟有酒，何须过后方知。从今休似去年时。病中留客饮，醉里和人诗。

《大学》云："诗曰：周虽旧邦，其命维新。是故君子无所不用其极。"

2015年12月13日

八日九万步赞

万步轻开伴笑言，一般日子哪般闲
不得随意图方便，别让糊涂怠盛年

2015 年 11 月 30 日

一五年元月廿八作

仁寺洞边茶室里，几多聊叙品茗人
寒天月末新年近，揖让祈襄好运辰

时在首尔仁寺洞旁一茶室，饮枣泥红茶，枣姜味甚浓。
茶客满座，聊叙避寒，暖和惬意。室内挂有几幅字，还可以。
2015 年 11 月 25 日

有涯之岁

有涯之岁探，仁善问前途
宿命其何谓，条风晚掠拂

日人山本常朝《叶隐》云："以有涯之生探求无涯之道。"
其语源于《庄子》。《庄子·养生主》云："吾生也有涯，而知
也无涯。以有涯随无涯，殆已。"又有云："有涯求探无涯道，
无道还需有道人。"

条风，即古八风中的东北风。

2015年11月21日

因道感作

道字明达千万物，自然本就理中生
兴亡百变天下事，觉悟用心才是真

感山本常朝语。其云："所谓道，即为了悟自身之非，勤
于思考，时刻反省，穷极一生而努力精进。此为道也。"

自贺一二卷廿二稿

> 两本翻来费六神，稀疏涂改再钩沉
> 一言不错细心处，更要明晰入妙门

时《中国古代术数基础理论》一、二卷改至第二十二稿。
妙门本来玄之又玄，要明晰，有点难。
2015年11月6日

赞李晚芳大家

> 秤量史事炬般明，精究真知火样情
> 瞻彼女宗心用处，千年学问妇人名

李晚芳，清初广东顺德人，人称女宗。其《读史管见》
远播东瀛，日人陶所池内盛赞其："灵心如衡，慧眼如炬。论
断之明晰，识见之卓伟，起史公于九泉质之，亦应首肯。非
贯穿百氏，而邃于性命之学者，所不能辨也。"
2015年11月5日

赞逸翁

逸翁乃大家，儒易两成熟
秦汉遗风骨，后生尽佩服

　　熊十力，号逸翁，晚号漆园老人，湖北黄冈人，新儒家，通易经，反对文革，绝食辞世。

题浮新儒

新儒非给力，糊话道家词
彼未明三五，难知侮怠时

　　马一浮，不懂道学，半个国学。

无语

丰润乱出言，难依论据来
恣情还附作，别怪晚学裁

丰子恺云某书法泰斗，然该字矫揉造作，不知何美，丰
不懂书法欤。
2015年11月4日

感友洋所发照片

几人能有真期待，还要积诚和守恒
岁月沧桑皆命事，虚怀即可享三生

感友洋朋友圈黑白照片，一南洋老人，满脸皱纹，花格
衬衣，期待之状。
2015年11月3日

如梦令·祝贺还是威健康新品上市

关爱就瞄一眼
心率多情数遍
怎可六十七
才晓健康体现
难倦，难倦
些许感知顾念

时甲子日，一片新天地。
2015 年 10 月 15 日

感友中秋节祝贺信息而作

人虽不至，心向往之
中秋快乐，一生如斯

如梦令·九月二十日暴走

昨早惊闻新事
终日追思旧耻
暴走四方时
汗泪总之都至
无止，无止
觉悟今生才始

感日修改安保法，于九一八国耻日。
2015年9月20日

记二〇一五年九月十八日

八十四岁国耻日，乙帜却兴安保词
贲育荆卿大司马，伤门已入待何时

八十四年前，即一九三一年九月十八日，国耻日。贲育，战国时勇士孟贲和夏育合称。《韩非子·守道》云："战士出死，而愿为贲育。"

乙帜，即太阳旗。二〇一四年，进入伤门，一年后日人即修改安保法，时不难待。
2015年9月19日

评朱丹溪之中医滋阴派

> 丹溪医术好，昌易更加行
> 汉代之书帙，翻翻渠可宁

朱丹溪，名震亨，元代医家，婺州义乌人，倡"阳常有余，阴常不足"，滋阴始者。

然其差矣。其不知人之阴与日俱增，顶峰就是阴间。活着就要补阳，看看汉代医书，哪一本不提倡补阳。当今中医受其误导尤甚。今医言必称"阴虚火旺"，一派胡言。

2015年9月14日

前辈

> 前辈看书多视野，还提三五敬先人
> 不知华盖运交处，可有亡神与煞神

华盖与亡神是同类型神煞。鲁迅《华盖集》之题记云："我平生没有学过算命，不过听老年人说，人是有时要交华盖运的。"

其《自嘲》诗云：

> 运交华盖欲何求，未敢翻身已碰头
> 破帽遮颜过闹市，漏船载酒泛中流
> 横眉冷对千夫指，俯首甘为孺子牛
> 躲进小楼成一统，管他冬夏与春秋

2015年9月14日

发难飘

开贞惘看圣贤书，三五不知断老腰
终世研读何所为，风吹缕缕发难飘

三五，有两层意思：1）三即天地人三才，五即五行；2）三即八门中的三吉门，五即五凶门。古人云：之三避五。

《道德经》云："道生一，一生二，二生三，三生万物。"马王堆西汉帛书《黄帝四经》云："天执一以明三，天明三以定二，审三名以为万事。"屈原《九章》云："望三五以为象兮，指彭咸以为仪。"《史记·历书》云："三五之正若循环，穷则返本。""为国者，必贵三五。"《史记·高帝纪》云："三五之道若循环，终而复始。"《淮南子》云："昔者，五帝三五之莅政施教，必用三五。何谓三五？仰取象于天，俯取度于地，中取法于人，乃澄列金木水火土之性。"

云茔词

亥时默默伴霓裳

午酒稍歇才去褪

想有新词，难作为，夜坐不睡

暮云飞转度巫山

四顾七星罡步确

焉可不知，梦有噱，独酒邀月

自创词牌，权作消遣。

2015年9月13日

仔细

学问面前仔细门，廿番涂改费心神

一丝不苟较真劲，欲待战国挑刺人

廿番修改，指改拙作《中国古代术数基础理论》第二十遍。战国吕不韦有《吕氏春秋》，《史记》说其"曾赏千金挑刺，无人能增损一字。"

2015年9月6日

浣溪沙·七月乙酉平旦

风管嗡嗡眠不恒
窗前静霭夜深沉
昨天来到旧王城

卅有七楼高处望
翻书灯下最留魂
手机再看晚新闻

时在南京，住四十七楼，夜不成眠，闻空调声，望窗外灯火，翻书作诗，摆弄手机。

2015年9月6日

感友七月七日微信

人子不知国耻奇，但拿今日比七夕
英雄洒血断头日，心火难平肝火急

今天有人发信息，把公历七月七日当作七夕。人子，旧有术数书《人子须知》。

戏题

二十年聚会，人老海风熏
暗肿兮褶皱，粗松难沁心

七月戊寅，海边茶座小憩，遇临桌一众，廿年同学聚会。感皆黯无气神，非岁月之过，无束无律也。

2015年8月30日

题识十二条中餐礼仪

不能翻搅盘中菜，看好夹所爱
一次把菜夹足够，勿似鸡琢首
一手接住所夹菜，勿把舌头晒
不要低头去就菜，菜就口显派

不用筷夹汤中物，要用公勺箸
一手举杯一手托，受酒干杯缩
用手扶助碗用食，好似虎护持
筷子横放显细节，勿冲对方脸

坐姿挺直别弯腰，勿似蛇曲绕
吃食不要出声音，勿似猪样鸣
面前时刻是干净，勿似狗脏性
主动帮人夹菜品，勿似猴急劲
作诀以示餐桌礼仪。
2015年8月30日

国学

所谓国学称儒者，汉书白虎眉展难
总之诿解先人意，都是不明五色斑

不懂五行，很难看懂汉代及以前书籍，如刘安之《淮南
子》、班固之《白虎通义》、董仲舒之《春秋繁露》等，于
《汉书·律历志》更无法断句。

懂得儒家，不懂五行，仅半个国学。论朱熹、王夫之之
学问，实为楷模。人称某人国学家，不知是半个，还是四分
之一。

2015年8月27日

感题

渠未知仁罔看书，更还懵礼乱留文
阿谀枯劣无人骨，鬼怪罡辰噬梦魂

现代个别文人，不认妻儿，非仁也；阿谀奉承，非信也；
即便风光，还是鬼怪。罡辰，意鬼怪。

2015年8月27日

挚爱诗词

且看乾坤怎与同，诗词挚爱甚间时
二年缀续百多首，意切情真无遁辞

作诗，不能无病呻吟，要有感情，题材不拘一格。

贺二十稿与波贤弟畅饮

经年皓首学三五，半老昏花辨晦明
不论白云苍狗事，只求开卦审伏吟

时与波贤弟喝酒小娱庆祝。白云苍狗，杜甫《可叹》诗
云："天上浮云如白衣，斯须改变如苍狗。"
2015年8月26日

记用微信写诗词二百首

诗贵有情还养性，律绝长短几行中
忘忽旧典和新仄，勤力之时意趣融

2015 年 8 月 25 日

中元节记

抬头仰望圆明月，才晓今时是鬼节
鹏地新城无旧矩，几人焚锭与思贤

时自蓉返深，路上望高挂明月，想中元节旧俗，感鹏城
之新。然非新城故，国人善忘也。

2015 年 8 月 25 日

西周旧观

中元午后旧观边，茶肆依然别样天
媪妪皤翁闲语笑，红檐翠瓦绿茗间

中元节访成都青羊宫，才知其始于西周。后到观旁茶馆，顿感惬意，老妪老头们谈笑打牌聊天。
媪，音袄，古妇女通称。
2015年8月25日

无题

白虎观今哪里寻，三十六雨汉家天
时人不理往贤意，贯把纲常作等闲

白虎观在西安，公元79年，因汉章帝刘炟在该处召集会议而有《白虎通义》，班固作。该书主要讨论五行、纲常等。
三十六雨，古为吉兆，一年每十天下一次雨最吉。三纲，即君为臣纲、父为子纲、夫为妻纲。五常，即仁义礼智信。六纪，即"敬诸父兄，六纪道行。诸舅有义、族人有序、昆弟有亲、师长有尊、朋友有旧。"
2015年8月25日

益州夜

益州华夜话清词，九眼桥旁忆少时
廿五年前听旧问，几多春后论成资

　　时在九眼桥旁饭馆晚餐，回想当年。大学毕业时，实同
学曾问，在川四年，知否何不三五而称四川？

2015年8月24日

七夕夜半醒来看书

七夕夜半梦中清，避五之三探不停
就爱书边研旧术，学得几式醉时吟

　　古人云：之三避五，百战不殆。

2015年8月21日

点绛唇·乙未岁孟秋贺均弟生辰

鬓始见华，拼搏日夜不言累
呕心沥血，知汝多明睿

放手开怀，哪管人何谓
笑谈处，难得憔悴，恁地都青翠

2015年8月7日

午睡

午睡漫沿无悱恻，飘香溢沁有甘食
无忧无虑青春事，梦想重来未算痴

时忆及高中一次午睡，天夕醒来，见母亲大人做好晚餐，香气弥漫，非常开心。甘食，老子《道德经》云："甘其食，美其服，安其居，乐其俗。"

2015年8月5日

如梦令·午后即兴

午后阳光闲坐
开卷涂乙找错
沉致至晡时
迷恋书中广阔
别辍，别辍
执笔但行其所

2015 年 8 月 3 日

洛城中午

折腾费事叙昨天，举酒舒怀就午茶
酣顿怡神遇新雨，停车休憩等夕霞

时在洛杉矶，午餐小酌，出门遇雨，雨后晴明，晚霞不错。

2015 年 7 月 19 日

题汉代美女

文君有怨文姬愤，吕后呈威窦后随
闭月貂蝉嫱落雁，班昭辞彩丽华瑰

文君，即卓文君，有《怨郎诗》。文姬，即蔡文姬，有《悲愤诗》。闭月，即貂蝉，意月亮都躲避她。嫱，即王昭君，名嫱，称"落雁"，意大雁听其琴声而掉落。丽华，即阴丽华。

2015年7月14日

想陈思王

陈王酒宴频，酣饮远高名
子建诗文古，词章致雅情

突想起李白诗句"昔时陈王宴平乐，斗酒十篇姿欢虐"。曹植，三国人，字子建，封陈王，谥思，以诗文名，才高八斗。有将其排古代第二诗人，次于屈原，陶潜位三。

2015年7月14日

自贺十九稿遂独饮之

十九稿来千百翻，写之不易解何难
琢磨品味卜天地，最怕寻真后到谈

晚上在书房，自饮几杯，开心拙作《中国古代术数基础理论》写到十九稿。孜孜不倦，唯恐贻笑。

2015 年 7 月 13 日

读曹大家女诫

大家遗诫诲情深，汉代规则慎礼真
当下还应翻旧帙，不能忘却古人生

曹大家，东汉班固妹班昭也，夫曹姓，家音姑。其著《曹大家女诫》，读来感觉细腻、认真、严谨、规矩、意切，当下实应学习。

慎礼，意慎重对待礼仪。

感评岳武穆二表书法

忠武二书用笔神，行云流水贴中生
百褒卅六已如此，一语兵家似可横

晡时再看岳飞书出师二表，忆戊子年曾与父亲大人谈及此作，时父不语。今细品味，父理自现。

岳飞，南宋人，谥武穆，又谥忠武。卅六，意二书为其三十六岁时作。最后一句，意兵家写出书家的字，不妥。

2015年7月12日

七月十一日夜

一路欢歌伴俊才，天人吉刻灯绽开
细心大胆游学去，雅气刚质征问来

时送长子出门游，天辅大吉时。唐代高彦休《阙史·裴晋公大度》云："皇甫郎中湜，气貌刚质，为文古雅，恃才傲物。"

开弓

开弓没有回头箭
难道还能变
破茧而出路
疏通又是彩虹处

2015年7月8日

克嘉坊乾为天系列

一十六万是乾天，九件绝佳匠手间
潇洒光鲜瑰逸物，千般元妙雅怀前

题克嘉坊乾为天系列皮具，件件精致。
2015年7月5日

感成都文明

> 鸿庠石室两千年，循吏文翁始建学
> 难怪蜀中多俊雅，相承汉脉尽呈贤

文翁石室，始自西汉，公元前143年，全世界唯一连续办学两千多年未有中断、未曾迁址的学校，我国第一所地方政府开办的学校，培养了数不清的人才。

《汉书》中《循吏》一文的第一位就是文翁。

2015年7月5日

高情

> 吵架勿使他崩溃，尊重耐心亲近人
> 倾听不急非自我，心情糟糕且关门
> 挚友不说其短处，分手时节别逞能
> 场合身份苟贻笑，感情但需经营恒
> 反驳之前先肯定，之乎者也要当真

看到微信中一则心灵鸡汤，一时兴起，改成打油诗。

2015年7月4日

如梦令·高原反应

六日四天酒趣
看我高原无异
心跳六十七
踏处但觉得地
诗意，诗意
羽化当真可以

时登四川日隆镇四姑娘山，于海拔四千米处同当地人饮二锅头二两。彼等担心高原反应，劝余勿饮。然余饮后测心率，六十七，彼皆九十几。

2015年7月3日

定风波·登四姑娘山

　　三日九曲云外行，闲时相伴少年情
　　稀雨滴嗒愁又恼，焦躁，心中只想顶峰凭

　　日暮品茗观眺处，山路，话谈明早履极时
　　夜雾徐来何再诉，停住，稍息过后配佳词

　　此正之贤弟修改稿。时晚餐后户外平眺，望之贤弟邀作词一首。当日下榻处，约四千米海拔，实避难所也，辛苦众人。次日一早登顶，路途更艰险。
　　2015年7月3日

登五千米四姑娘山大峰

　　草甸野花云逸飘，少男少女兴情高
　　姑娘山里没辛苦，陟越轻松列队骄

　　草甸，寒冷环境里高原和高山的一种草地。时少年们兴致盎然，轻轻松松，排列整齐，休停有序。
　　2015年7月2日

六月廿七日记

日隆一日半斤酒，跋涉喜来阿坝州
桌上香甜鸡味厚，路边清爽晚情稠

时晚餐享一香菇鸡汤，颇有滋味。后于路边吸烟，精神
清爽。当日饮酒过半斤。

2015 年 6 月 27 日

八种思维

关心受益似天堂，打破才能有生机
知己知人战不殆，敢当敢做思无疑
想了就干是真理，简练于兹为风靡
本质才是最重要，先机主动要出奇

因文章《最聪明的十种思维》，改为八种。

2015 年 6 月 23 日

六周年祭

天辅大吉时，轻声诉世情
挚儿多眼泪，咽哽忆叮咛

2015年6月18日

超神甲子日趄车祭奠

点点群山恣肆现，逸悠宏壮桂东天
阳光穿映乡村雾，几座农屋冒袅烟

超神，乃甲子日在节气之前，节气即夏至，约二十二日。
2015年6月18日

题卅七义士

赤穗樱花哀怨行，江都古树泣哽铭
卅七武士寸丹意，万丈义忠垂汗青

想起日江户时代四十七浪人。江都，即江户，现东京千代田区。古树，在东京泉岳寺中，时四十七浪人血溅古树，后葬其旁。

四十七浪人，之前为武士，藩主死后沦为浪人，复仇事件后尊为义士。

2015年6月15日

感孔明《与子书》而作

君子静修俭养德，澹泊明志始静前
成学才广怠难励，险躁无接岁月闲

三国诸葛孔明《与子书》云：

夫君子之行，静以修身，俭以养德。非澹泊无以明志，非宁静无以致远。夫学须静也，才须学也。非学无以广才，非志无以成学。怠慢则不能励精，险躁则不能治性。年与时驰，意与岁去。遂成枯落，多不接世。悲守穷庐，将复何及！

再题

活着何所谓，才晓子孙情
君意难猜测，成仁留后名

题某

生已去人杰，死将成魅枯
至今何所悟，贻笑不切腹

春秋要离云："吾何面目以视天下之士？"唐代李百药《北齐书·元景安传》云："岂得弃本宗，逐他姓，大丈夫宁可玉碎，不为瓦全。"日人西乡隆盛诗云："丈夫玉碎耻瓦全"。

2015年6月14日

戏谈平仄

二四六称精细商，三平三仄脚难当
对粘相步遵规矩，承句尾言平且扬

戏谈诗律。
2015年6月12日

静心养性

静心性养、静养心性、静养性心、静性养心
静性心养、心性静养、心性养静、心养性静
心养静性、心静性养、心静养性、养性静心
养性心静、养静性心、养静心性、养心静性
养心性静、性静心养、性心静养、性心养静
性静养心、性养心静、性养静心

　　余书房名"易安居"，因父亲大人书房名"容膝斋"，源陶渊明之"审容膝之易安"句，非"易安居士"意。书房茶几上茶垫有"静心养性"四字，一时琢磨，何种顺序皆有道理，共二十四排列。

2015年6月11日

汉文明

汉人汉字汉服美，今世今生今喜欢
赋咏乐琴皆轶丽，文明灿烂如这般

感汉代创造了辉煌的历史，承上启下地奠定了中华民族文明。
2015年6月7日

创新

创新时改变，今是笑昨非
还记往昔趣，开怀贪酒杯

陶渊明《归去来兮辞》云："实迷途其未远，觉今是而昨非。"
2015年6月5日

出海遇大雨记

乌云密聚无西日，碧浪翩翩有间闲
天马兴师呈景象，雨神布阵在华巅

　　时在海上，本应夕阳美景，然刹那间西边乌云密布，似科幻大片，感大自然之威力。

沉船祭

未等姑苏见，人家尽枕河
但知今月夜，悲恸不能歌

　　祭六月一日长江上东方之星号客轮翻沉。唐代杜荀鹤《送人游吴》诗云：

君到姑苏见，人家尽枕河
古宫闲地少，水巷小桥多
夜市卖菱藕，春船载绮罗
遥知未眠月，乡思在渔歌

又作食居

斋必变些食，居宽则可迁
食精非我厌，鲜细好为仙

《论语·乡党》云："斋必变食，居必迁坐。食不厌精，脍不厌细。"居必迁坐，古代寝室分内寝、外寝，对应又称燕寝、正寝，平时睡在内寝，斋戒或病重时搬到正寝。
2015年6月2日

感宋氏《女论语》

莘昭姐妹著十篇，诲教礼尊箴慎言
勤雅德仪范昔智，娴贞穆朴育来贤

唐代贞元年间宋若莘、宋若昭姐妹撰《女论语》。有说："若莘诲诸妹如严师，著女论语十篇，大抵准论语，以韦宣、文君代孔子，曹大家等为颜冉，推明妇道所宜。"

自孔孟"妇人，从人者也"，到西汉刘向《烈女传》、东汉班昭《女诫》、晋代裴颜《女史箴》、明代吕坤《闺范》、清代陈宏谋集《教女遗规》，皆言女子礼数也。

《养父的花样年华》之观感

一天十五集，边看又着急
细想有些扯，粗思只剩疲

一日在电视上看到该剧，初觉尚可，遂看于手机，连十
五集，无味也。

2015 年 5 月 31 日

五月

人间滋味是清香，缓缓雨滴飘在窗
路上华灯才始亮，景风飘过更逸祥

时黄昏下班，车行至彩田路，刚下过雨，空气清香。

2015 年 5 月 25 日

如梦令·夜不眠时看书

此刻不眠无语
长短想填几句
转眼枕边书
随手翻开有趣
参取，参取
蜷缩捧读奇遇

2015 年 5 月 22 日

三月甲申逢新旧友

烹龙炮凤全虾宴，两盏灌肠三馆闲
旧友新识哄闹地，残言碎语醉当前

友餐厅开业，捧场酒酣之余作小诗。三馆，旧招贤读书处。

晨早饮

窗边鸟语催晨醒，屋内醇芬伴宿醒

不想翻书装旧妓，豪横喝酒去余痕

明代陈继儒《岩栖幽事》云："名妓翻经，老僧酿酒。将军翔文章之府，书生践戎马之场。"勇贤弟云："此为四大不靠谱。"

去余痕，此处指时人谓次晨喝酒"透一下"，更能解酒。

2015年5月8日

醉翁操·夜迟

夜迟，无时，无期
欲书兮，难题，且思梦中玩琴棋
两三蚊子叽叽，装唱的
几转念西席，想起心里不自怡

天乾何处，七孔龠笛
宫商角徵，更有羽声尽益
楚语南音评讥，谈笑徘说哀息
思情无限急，岁年当还欺
待我老终时，再回来膝下偎依

思父。旧时主人称东家，老师称西席。三国张揖《广雅》
云："龠谓之笛，有七孔。"
2015年5月8日

浣溪沙·晨作

鸟语叽叽嚷早晨

窗前红绿更迷人

昨天立夏雨声闻

依枕看书又几行

无边学海要心诚

再说欢饮妙之门

清晨醒来，欣闻鸟语，随手翻书。《道德经》云："玄之又玄，众妙之门"。

2015年5月6日

戏题廿日饮

自斟自饮廿天醋，他日再言踏远山

荡气回肠非酒后，淅淅春雨酩时玩

2015年5月5日

如梦令·golo

且把轱辘上手
只与红包抵扣
你我戏游吧
也可开车赚凑
足够，足够
马上拿来秀秀

"轱辘"中"辘"字读轻声。
2015年5月5日

题壬辰战

加藤清正帅，商将小西平
高虎水军晚，如松麻贵行

加藤清正，帅，日人战神。小西行长，庸，商人出身。两人一五九二年打朝鲜。藤堂高虎，日海军将领，一五九八年打朝鲜。皆先后被李如松、麻贵等众明将，以少胜多打败。
2015年4月30日

如梦令·静夜偶书

毛颖夜来相伴
再嗅陈玄香汗
瞬眼郁花时
还往陶泓浅探
轻慢，轻慢
尽兴挥毫勿乱

毛颖即笔，陈玄即墨，陶泓即砚，褚先生即纸。

2015年4月27日

赞明少保宁远伯李将军如松

平壤碧蹄奇正战，将门无愧有如松
枭狐貔虎征杀处，武庙众哲夸赞中

　　明代万历三大征，李如松指挥了一半，其深谙兵法，奇
正相辅。朝鲜之役，平壤攻坚战石破天惊，碧蹄馆遭遇战气
壮山河，龙山奇袭战一剑封喉。人称："悍勇有貔虎之威，狡
计有枭狐之谋。"史称："将门有将，得无愧乎。"

2015年4月25日

有感

卅年前制服，当下几消除
变化这般快，网民不晓熟

感三十年前中山装，现无几穿，忘之也速。
2015年4月23日

午饮

万里诗钞久，谁家午饭长
无他勤力事，酤处诵褰裳

万里诗钞，即南宋杨万里《江湖诗钞》，近得一清中期日
版。《诗经·郑风·褰裳》诗云：
　子惠思我，褰裳涉溱。子不我思，岂无他人，狂童之狂
也且。
　子惠思我，褰裳涉洧。子不我思，岂无他士，狂童之狂
也且。
　2015年4月18日

感题时事

星辰如此环寒月，缧泄一班司马臣
努力卅年风雨事，幻为残岁务农人

清代和坤《绝命诗》诗云：
星辰环冷月，缧泄泣孤臣
对景伤前事，怀才误此身
余生料无几，空负九重仁

诉衷情·性情

人生易老尽难名，鲁莽度光阴
回头叹望来路，怎负旧时情

谈往事，不安平，欲前行
还应新颖，强脑健身，征道莫停

南柯子·梦怕丑时断

梦怕丑时断
醉堪觉里回
良宵夜半宋诗窥
刚过清明仍见月还辉

八桂青江转
九嶷舜乐薰
翠微还是此时青
更有纷纷小雨伴逡巡

几夜半起，读《宋人千首绝句》。又偶读南宋田为词《南柯子·梦怕愁时断》，感其前二句还可改。其词云：

梦怕愁时断，春从醉里回。凄凉怀抱向谁开。些子清明时候被莺催。

柳外都成絮，栏边半是苔。多情帘燕独徘徊。依旧满身花雨又归来。

毛泽东《答友人》诗云："九嶷山上白云飞，帝子乘风下翠微。"传舜作《南风》云："南风之薰兮，可以解吾民之愠兮。"

2015年4月10日

各有其度

山高水落各其度，风去云飘自我行
无谓比攀和计较，且学讽诵同咏吟

由一微信感言而作。讽诵，背诵。《周礼·春官·瞽蒙》
云："讽诵诗，世奠　"。郑玄注："讽诵诗，谓暗读之不依咏
也。"

2015年4月8日

感受

青山绿水尽天意，土道灰楼无谢情
何事不能花气力，千般埋怨未消停

回乡几天，感觉太脏，府衙不为。

题临贺故城

　　临贺故城旧汉町，室堂屋院庙祠宁
　　井深巷窄窗扉净，树老枝新绿叶轻

　　其位于贺街镇，始建于西汉元鼎六年，公元前111年。
余诧异其干净整洁。

二月癸丑与友游榕湖湖心亭及黄庭坚系舟处

　　湖心亭里钿筝弹，人俏不觉春峭寒
　　古景门旁榕树立，涪翁还忆几翁谗

　　时于桂林榕湖湖心亭饮茶，听一桂女弹古筝。
　　黄庭坚，北宋，晚号涪翁，谪宜州经桂，受官场排挤，
至民宿不得住而自栖于榕树楼。
　　景门，即南门。扇对。

游龙隐岩感康诗书

龙今不隐碑林在，元祐一文示旧愁
后晚七绝来补乱，逝情难忆怨情尤

感清末康有为在龙隐岩元祐党籍碑下作七绝。
元祐一文，即元祐党籍碑，北宋徽宗时蔡京专权，把元
佑、元符年间司马光、文彦博、苏轼、黄庭坚、秦观等三百
零九人列为奸党，刻姓名于石碑颁布天下。

2015年4月6日

象山晡时与历航众兄弟饮茶酒

四面清风无碍处，象山在望酒茶时
几声壮调飘扬去，漫笑难知哪曲词

时在象鼻山对面酒店顶层眺望，风景绝佳。与众人同饮
酒茶，谈笑聊天，还闻壮歌，惜未听清。

清明远征军祭

不问英雄出处，哪言归路
鏖力战壕时，难忆村烟暮

壮士儿时好友，几声轻吼
笑语滞凝间，天上群星抖

缅甸二战纪念墓地，有英国、日本的，中国远征军的竟损毁。

2015年4月5日

清明乘车回桂祭祖

梦魂几夜月呈红，风雨天蓬壬癸从
窗外一时霞彩现，清明节气用辰龙

新闻云：今晚是今年最重要天象之一的月全食！月亮通体变成神秘红色，大部分地区都可观测，且适合拍照，19：54开始，持续12分钟。

奇门有云：天蓬星在一三七宫，伴壬癸则总会有大雨。果不其然。用辰龙，意祭祖选辰时。

2015年4月4日

哀痕

黄泉路上一盘粉，八桂山边万座坟
焚锭时节食祭扫，乌云此刻显哀痕

时乌云密布，望之贤弟有第一句，余凑后三句。
2015年4月3日

题陈总立平仁兄组图

蓝蓝天上过云新，潇洒腾姗弄万寻
澄彻无言飘去后，几滴小雨缀青裙

赏其西藏照片，诧其干净、纯洁。万寻，意高山。
2015年3月28日

感汉文明

字医星历史宗文，疆域兵戎赋乐绝
炎汉篇章开万世，神华传统自当前

汉字楷书，中医《伤寒论》，天文历法《三统历》、《周髀算经》，《史记》，儒释道三教建立，《说文解字》，打败匈奴，汉服，汉族，汉赋，乐府，汉儒对古文的全面注释，等等，汉代文明继往开来地奠定了华夏文明基础。

感食物金字塔

脂微维矿蛋维水，放纵任情多少年
未晚补牢还有益，劝君记住此七言

食物金字塔的七种元素是：脂肪、微量元素、纤维、矿物质、蛋白质、维生素、水，基本按人体需求顺序由少到多排列。

2015年3月25日

路途词·廿七发布会

开车路上，听君所想
欢情时刻，欣君所赏
着衣乍暖还寒，留住春风来挡

未曾体验，哪知表现
如何摆弄，报知来电
几时透露新闻，且等廿七相见

3月22日兴作

海边饮望日西下，凉爽春风拂景衫
难舍一节流逝去，明晨且慢细沙滩

时在圣地亚哥科罗拉多大酒店之露天酒吧，天夕时饮酒观日落，颇有凉意。该日饮不食。

一节，即一节气，时春分。

感用微信已发百十首诗作

> 癸巳当年始，不期百几篇
> 回头多细看，还可再扬言

癸巳岁季夏开始用微信，朋友圈主要发拙诗愚词。
2015年3月10日

算经十书诀

> 算经十部周髀古，术有九章和岛经
> 孙子夏侯同缀术，张丘缉古五曹精

算经十书，即《周髀算经》、《九章算术》、《海岛算经》、《孙子算经》、《夏侯阳算经》、《张丘建算经》、《缀术》、《五曹算经》、《五经算术》、《缉古算术》等十书，是唐代以前主要数学著作，代表中国古代数学的光辉成就。

戏题飞机轰鸣

轰鸣隆响戏空前，躯小声长似遁仙
翔宇巡天何处去，九飞潇洒浪云间

时在洛城花园看书，头顶常有飞机，作诗自娱。九飞，意高九飞天。

2015年3月9日

题李太史淳风《乙巳占》

探赜索隐时，钩远允符词
乙巳先贤作，难知所以执

李太史真乃神人，一部《推背图》让多少人白首穷经。
其《乙巳占》云："故可以探赜索引，钩深致远，幽潜之状不藏，鬼神之情可见。允符至理，尽性穷源。断天下之疑，通天下之志，定天下之业，冒天下之道。"

三月二日长途跋涉遇大雪

　　浓云填堵寻星日，夜焕华星在哪方
　　千里趋车折返路，不期竟到雪中乡

　　时去德州 skyvillage 未果，返程留宿，遇大雪。雪中乡，
即亚利桑那州中北部小镇 Flagstaff。
　　唐代李淳风《乙巳占》云："景星夜焕，庆云朝集。"
　　2015 年 3 月 4 日

看书

　　屋外阳光屋里香，看书趣味比书强
　　才涂星宿廿八事，又想元节三六行

　　古人将五日定为一元，三元为一气，六气为一季，四季
为一年。元亦称候。古人云：五日为候，三候为气，六气为
时，四时为岁。
　　2015 年 2 月 26 日

星星

鸟火何时有，参商难与容
尚书尧典训，当勿避疏萌

《尚书·尧典》记载"日中星鸟，以殷仲春…日永星火，
以正仲夏…宵中星虚，以殷仲秋…日短星昴，以正仲冬。"
避疏，意左右攘避，疏远。

2015年2月25日

修改第三卷

宿醒茶绿品裁闲，松叶香烟穿望天
日计清凉庭院坐，审思几稿太一仙

时修改《中国古代术数基础理论》第三卷。

正月初二午休

太簇午休短，拥书梦里涂
钩沉新旧事，仙界老书仆

此正之贤弟修改稿，原后二句为："钩沉全旧事，好似古书仆。"太簇，即正月。
2015年2月22日

万马已待

万马已待，三阳开泰
未来不是现在，还要兢勤赛

岁月流逝，真情永志
挚诚朋友天赐，把酒星空事

2015年2月19日

五和大道

五和大道尽朝阳，四望祥辉勿促忙
逐日愚勤依旧事，从今慧勉换新裳

百度中五和的解释是：

1.土气和顺，意气候暖和之时。《管子·幼官》云："五和时节，君服黄色，味甘味，听宫声，治和气。"尹知章注："土生数五，土气和，则君顺时节而布政。"

2.政治和谐的五种表现。《逸周书·大武》云："政有四戚五和……五和，一有天无恶，二有人无郄、三同好相同，四同恶相助，五远宅不薄。"

3.五味调和。宋代黄庭坚《和邢惇夫秋怀》诗之三云："七均师无声，五和常主淡。"任渊注引《淮南子》云："无声而五音鸣焉，无味而五味和焉。"

2015年1月28日

抚仙湖

抚仙湖，纯净处
高原滇地湖泊
一见倾心悟

努力时，黄脸秀
家乡老友新朋
话里锦言旧

感国辉兄商居云南，喜抚仙湖鱼。
2015年1月10日

旧体诗

反复唯觉格律深，古人诗句尽纯真
焜煌华灿怡情趣，扫去万千俗意尘

　　突想起杜甫诗句："晚节渐于诗律细"，感父亲大人晚年即是。《遣闷戏呈路十九曹长》一诗，有疑非杜作，其云：

江浦雷声喧昨夜，春城雨色动微寒
黄鹂并坐交愁湿，白鹭群飞大剧干
<u>晚节渐于诗律细</u>，谁家数去酒杯宽
惟吾最爱清狂客，百遍相看意未阑

2015 年 1 月 6 日

逸景

逸景卅年徂，光阴不可轻
明天当起始，尊让命来听

　　逸景：消逝的光阴。梁萧统《文选·曹植》云："面有逸景之速，别有参商之阔。"刘良注："言相见恐过度光景之速。"晋代傅玄《日升歌》云："逸景何晃晃，旭日照万方。"《晋书·挚虞传》云："俯游光逸景倏烁徽霍兮，仰流旌垂旄猋攸襂纚。"

　　徂，意过去，往也，音 cú。

2014年（67首）

舞马词·清早

耳边清早欢聆，缠绵无限千金
今世还应努力，前程广袤维新

2014年12月26日

诉衷情·戏题喝酒

而今喝酒总一流，哪有半樽忧
几多醉鬼席宴，换盏未曾收

杯莫停，喜相酬，勿干休
仲昆兄弟，放手舒怀，忘记烦愁

又缩句

已悟前难谏，更知来可追
迷途其未远，今是辨昨非

陶渊明《归去来兮辞》云："悟已往之不谏，知来者之可
追。实迷途其未远，觉今是而昨非。"

如梦令·羽士

十日奇门来辅
飞遁九神有主
杜景遇之时
还作书虫学古
天术，天术
今世衷情有戊

2014年12月13日

与东甲君渝中有醉

雾里看楼鳞比立，朝来畅饮虐情欢
午休戏语谈何事，谁醉又喝麻辣醋

2014 年 11 月 29 日

如梦令·题吴哥窟

路上灰尘飞散
景处仿佛梦幻
追忆旧时情
还想人间漫漫
来看，来看
历史这般灿烂

2014 年 11 月 28 日

11月27日夜

父衣父履俊兄神，坐望舞台琴乐声
谦嫩恭和贤弟趣，专心盘键音律铮

时长子穿着余衣服，一起参加次子钢琴演出。
古人云：兄友，弟恭。
又改为："父衣父履俊兄神，坐望季昆弹奏声。台上飘来
琴乐趣，谦谦恭友还稚真。"

九拜诀

稽顿空然振，吉凶奇肃褒
先周如此礼，当勿乱折腰

《周礼》九拜：一曰稽首、二曰顿首、三曰空首、四曰振
动、五曰吉拜、六曰凶拜、七曰奇拜、八曰褒拜、九曰肃拜。

读《后汉书·梁鸿传》

孟光做饭梁鸿用，举案齐眉不彼瞻
麻履布衣怀大志，汉人旧事要新谈

《诗经》云："瞻彼日月，悠悠我思。"
2014年11月26日

九福诀

京师钱眼病帷福，吴越口实洛市花
秦陇马鞍川蜀药，衣裳燕赵更欣嘉

九福，北宋陶谷《清异录》载为：京师钱福、眼福、病
福、屏帷福，吴越口福、洛阳花福、蜀川药福、秦陇鞍马福、
燕赵衣裳福。

四基石

增长投资回报率，更多货币要添值
价格期望非实际，财富宏图谁把持

《价值》一书论公司金融四大基石，作诗品。
2014年11月25日

记再跑十公里

前日海边跑，今天又再来
要知缘甚事，前进不徘徊

十一月二十日再跑10公里。

记第一次十公里跑

二十里地海滨场，呼唱清新朝气扬
旭日东升波暐映，徐行舒爽树花香

朋友邀约深圳湾跑步。
暐，音伟，形容光很盛，暐映，意光彩照耀。
2014年11月18日

菩萨蛮·感魏武曹氏战书

奉辞伐罪旌南指，魏曹颐旨笔中叱
述束手刘琮，皱眉无可松

水军即立至，众将慌忙事
鲁肃耳边言，周郎四万贤

人称史上最牛战书，曹操下与孙权。其云："近者奉辞伐罪，旌旗南指，刘琮束手。今治水军八十万众，方与将军会猎于吴。"

渔家傲·诗酒

诗到谁人欢处梦
言清行雅无他弄
文府里来博士窘
书充栋
翻经弄典装凰凤

酒醉有朋欢乐颂
歌嘹声彻眼还瞪
贤弟轻轩从来恐
别过纵
长烟还要香槟碰

2014年11月17日

减字木兰花·再题时事

智私自任，舆众当然嘲且谮
看客一时，还笑诸君太会痴

语多不论，谦谦君子卑还慎
心彻为知，胡语一般自乱思

近日看新闻，几人为有机食物争论不休。
《汉书·异姓诸侯王表奏》云："自任私智，姗笑之代"。
《诗·小雅·巷伯》云："彼谮人者，谁适与谋"。《韩非子·
奸劫弑臣》云："处非道之位，被众口之谮"。《易·谦》云：
"谦谦君子，卑以自牧也"。《庄子·外物》云："心彻为知"。
2014年11月15日

抱朴子语回赠国辉兄

志合不以海山远，跋涉幽遐去畅集
道戾难容方寸近，分疏密迩弃相齐

晋代葛洪《抱朴子》云："志合者不以山海为远，道乖者
不以咫尺为近。故有跋涉而游集，亦或密迩而不接。"

戏题冬季风雨

从来冬季藏精智，别占腊八几处寒
薄雨偏从薄衣去，刁风欲与刁友玩

唐代刘禹锡《秋词》诗云：
自古逢秋悲寂寥，我言秋日胜春朝
晴空一鹤排云上，便引诗情到碧霄
唐诗真绝矣，梦得往高处、大处写，实在好。
2014年11月12日

潇湘神·想作诗

想作诗，想作诗，腹中无物似白痴
尽醉糊涂无事酒，懵懂夜半乱言词

缩句

日日深杯满，朝朝小圃花
开怀歌舞趣，无碍在无他

据宋代朱敦儒词改。其《西江月》词云：

日日深杯酒满，朝朝小圃花开。自歌自舞自开怀，且喜无拘无碍。

青史几番春梦，红尘多少奇才。不须计较与安排，领取而今现在。

西江月·春梦

俗世几多春梦，常情不少炎凉
晚来醉酒话难长，乱语岂能歌唱

饮尽何愁量少，言多无奈声张
明天丙子月舒光，更要举杯向往

步苏东坡词韵，其《西江月》词云：

世事一场大梦，人生几度秋凉。夜来风叶已鸣廊，看取眉头鬓上。

酒贱常愁客少，月明多被云妨。中秋谁与共孤光，把盏凄然北望。

自勉二

物其归本末，世事有初终
明了先和后，当知近道中

《大学》云："物有本末，事有始终，知所先后，则近道矣。"

自勉

定静安思至善得，明德亲庶效先彝
前贤伦列皆典论，后晚何谈新命题

《大学》云："大学之道，在明明德，在亲民，在止于至善。知止而后有定，定而后能静，静而后能安，安而后能虑，虑而后能得。物有本末，事有终始，知所先后，则近道矣。"

卜算子·几日住书房

近日陋房息，嗜好书香趣
每见旧儒各种疏，似有真颜玉

读阅几时休，学问何其利
无奈偏偏好此情，探究前人秘

几日住书房，觉看书方便、惬意。疏，是对汉人注释的注释。

2014年11月9日

减字木兰花·立冬夜

立冬夜里，霏落不多衣遇雨
路上行人，快步匆忙在返程

且行慢走，月姊高悬才不久
明日阳光，周末早晨没有霜

2014年11月8日

暗香·思念父亲

下班无事，喜高粱嘉饮，言无轮次
七曜金时，哪管立冬和夏至
酒过情思荡去，游几处，开门见你
好有趣，步履轻松，恍已经年矣

不是，才卅月
想美人笑颜，无处省略
衷衷爱意，风雨倏忽长记忆
听视言思如此，还有貌，轻轻鞭笞
更要刻苦努力，才能做事

南宋姜夔自谱《仙吕宫》

序云："辛亥之冬，予载雪诣石湖，止既月，授简索句，且征新声，作此两曲。石湖把玩不已，使工妓隶习之，音节谐婉，乃名之曰暗香、疏影。"其词云：

旧时月色，算几番照我，梅边吹笛？唤起玉人，不管清寒与攀摘。何逊而今渐老，都忘却、春风词笔。但怪得、竹外疏花，香冷入瑶席。

江国，正寂寂。叹寄与路遥，夜雪初积。翠尊易泣，红萼无言耿相忆。长记曾携手处，千树压、西湖寒碧。又片片吹尽也，几时见得？

柯维七习

动终赢要己综新，做事七条似篆铭
凡客不知何所力，但观流水顺心情

诗题《成功人士的七种习惯》，即：积极主动、以终为
始、要事第一、双赢思维、知己知彼、统合综效、不断更新。

2014 年 11 月 2 日

万时为贤

西友宴席言，诤诤在耳前
万时勤力者，初试可称贤

今遇一西班牙诗友，其云每日起床即作诗，日日不辍。
日前阅一文，言勤练一技万小时，可成专家。

2014 年 10 月 31 日

无语编者

扉页勾涂几许多，无言无语写编人
这般材技哪般事，愧对千年文庙神

今翻一书首页，顺手改了六十多处，感作者实在马虎。

感今人写作极其马虎

增损一言赏尔金，战国吕氏话如铭
后人渐忘先人训，糊表呆萌庸滞情

今人写作极其马虎，似愚呆竖子，不习无识。

感推背图诗有问

茫茫天数何处求，世道兴衰哪里游
万万千千都有尽，不如举酒醉时休

其诗云："茫茫天数此中求，世道兴衰不自由。万万千千
说不尽，不如推背去归休。"

2014 年 10 月 28 日

如梦令·记帆船赛中一船

碧海百舟相竞
正欲换帆前进
小处遇别情
只有爬高使劲
安定，安定
此刻更应冷静

前日观中国杯帆船赛，一船球帆难收，众人忙作一团。

10月22日作

挚儿不必执金吾，生女可学阴丽华
浅笑深杯都有意，一朝几代美红霞

执金吾，汉代京城卫兵统领，威风非常，吾音玉。光武
帝微时，有"仕宦当作执金吾，娶妻当如阴丽华"之语。
浅笑深杯，意女儿浅笑，儿子深杯。
2014年10月22日

西江月·赠望之贤弟

两夜开怀昔饮，德将无醉可酣
三杯清酒步腾跚，百岁人生才算

杯盏一时溢彩，夜空万里寂安
窗前月半尽兮然，贤弟还将何盼

《尚书·酒诰》云："饮惟祀，德将无醉。"
2014年10月16日

无题

几夜留心玉兔桥，伺窥月姊脸红妖
欲知何事羞颜现，才抹新妆初扮娇

十月八日中国新闻网《月亮为什么变红了?》

当太阳光经过地球上的大气层被折射到地球背后影子里
去的时候，红色的光线波长比较长，受散射影响不大，可以
通过大气层穿透出去，折射到躲在地球影子后面的月亮上。
所以，在月全食时，看到的月亮是暗红色的。

2014年10月15日

读《尚书·酒诰》以鉴

彝酒几杯饮惟祀，德将无醉诏晚学
典听勿湎承先训，定辟视听思貌言

其云："无彝酒"、"饮惟祀"、"德将无醉"、"定辟，蚓汝
刚制于酒"、"封，汝典听朕毖，勿辨乃司民湎于酒。"

定辟，意订立规矩。视听思貌言，见《尚书·洪范》。

2014年10月14日

10月7日夜十二周年

那夜收功宴会中，一十二岁是从前
从今不看来时路，誓领兢勤翘楚先

2014年10月10日

三酒

古人谓酒事昔清，周理缘来三正情
规矩天生从礼数，觥觞还要敬神明

《周礼·天官酒正》云："辨三酒之物，一曰事酒，二曰昔酒，三曰清酒。"事酒，有事而饮也；昔酒，无事而饮也；清酒，祭祀之酒也。也说，事酒因事酿之而时短，昔酒短时储藏而稍醇，清酒冬酿夏熟为酒之冠。昔酒可能又称浊酒，有词云："一壶浊酒喜相逢"。
估计清昔事三酒，分别对应天地人三才，即三正也。
2014年9月28日

题八酒

蒸馏酒有八大型，金忌白伏兰姆清
杜麦葡铃仙蔗米，酊酄酩酊酊醪醽

蒸馏酒常分为八大类：金酒 Gin、威士忌 Whisky、白兰地 Brandy、伏特加 Vodka、龙舌兰酒 Tequila、朗姆酒 Rum、中国白酒 Spirits、日本清酒 Sake，对应的原材料是：杜松子、大麦、葡萄、马铃薯、仙人掌、甘蔗、大米、大米。

酊，音宙，醇酒。醪醽，醪音劳，味道醇厚的酒；醽音铃，美酒名。

2014 年 9 月 27 日

9月7日夜

银湖那夜尽从容，语细声娇遇众萌
贤弟深衣迎满月，履轻步雅应蟾琼

众萌，一意人多，一意皆卖萌。
2014 年 9 月 12 日

水调歌头·桂林中秋

那晚六七岁，哪管有中秋
五仁月饼滋味，欢快未识愁
笑语欢歌门外，赏月乘凉街上，游戏欲机谋
月姊抬头是，有几处绸缪

五明扇，轻摇曳，挚情柔
歇来依伴左右，深爱抚儿头
路面影子沉定，灯处飞蛾翩舞，一片静悠悠
少稚兴难尽，入梦似没休

《诗经·唐风·绸缪》云："绸缪束薪，三星在天。今夕何夕，见此良人。"晋代崔豹《古今注·舆服》云："五明扇，舜所作也。既受尧禅，广开视听，求贤人以自辅。"

宋代张孝祥有《水调歌头·桂林中秋》，步其韵，承其名。然其词，一番堆砌，没有内容，两次提到"去年"，而无下文。其词云：

今夕复何夕，此地过中秋。赏心亭上唤客，追忆去年游。千里江山如画，万井笙歌不夜，扶路看遨头。玉界拥银阙，珠箔卷琼钩。

驭风去，忽吹到，岭边州。去年明月依旧，还照我登楼。楼下水明沙静，楼外参横斗转，搔首思悠悠。老子兴不浅，聊复此淹留。

2014年9月6日

仲秋月几望

夜静无喧天渐凉，不眠独自饮彷徨

慢思新月又将至，一善服膺还要忙

夜读南宋杨万里《霜夜望月》，感而步其韵。其诗云：

人静蛩喧天欲霜，不眠独自步风廊

闲看月走仍云走，知是云忙复月忙

《中庸》云："子曰，回之为人也，择乎中庸，得一善，则拳拳服膺而弗失之矣。"

看电视好声音评比

贝加湖畔好音声，小伙歌嘹哽咽真

台馆匆匆献煊烂，道途漫漫索缤纷

2014年8月30日

尧社印象

举目四周山色美，低头脚下路途迢
时光荏苒别无趣，仙鹤草旁觅旧窑

从化尧社风光旖旎，山中有不少仙鹤草，还有不少旧时
碳窑。
2014年8月23日

渝都晚景

渝都晚景好朦胧，鳞次高楼布彩虹
天上人间华月夜，琅嬛仙姊赛婀萌

点绛唇·甲午岁均弟生辰

剑舞春秋，朝夕有道未憔悴
酒酣冬夏，时刻不言醉

昆季才华，灿烂当服佩
只知道，前程无量，满眼风光翠

时赠贤弟古剑。
2014 年 8 月 8 日

甲午七夕青海湖骑行

共和一县海湖边，草地奶茶青帐旁
结队羚羊恣意跑，壮实牧汉吼声扬

时骑行到共和县，午饭后访当地人帐篷。
2014 年 8 月 2 日

甲午岁饯别呈民君

地坛仲夏柳枝宴，次第举杯谈往前
更待装成花簇锦，风行万里舞翩跹

时在北京，地坛公园旁，为呈民学长饯行。
2014年7月18日

维多利亚宣言六饮十食诀

绿茶葡酒和豆浆，酸奶骨头蘑口汤
荞薯燕芝加小米，豆蔬耳粉同藻香

六饮：绿茶、葡萄酒、豆浆、酸奶、骨头汤、蘑菇汤，
十食：荞麦、薯类、燕麦、芝麻、小米、豆腐、蔬菜、黑木
耳、花粉、海藻。
2014年7月15日

六月感题友吴哥窟组图

日光依旧倾城洒，残壁　垣别有天
系甲藤罗难晓事，只当人世万年闲

图中古树根与石屋交织盘错，令人惊讶。古人云：藤罗
系甲，可春可秋。

2014年7月7日

访东山寺及荷塘

千亩荷塘东寺门，几多怕热赏荷人
花开七月无别意，出落娉婷听海声

千亩荷塘在东山寺边，紧临大海。

2014年7月6日

五周年祭

五年祭日炎，夏至好时节
环翠清凉处，几声祈静歇

2014年6月23日

西江月·记五月与望之贤弟努力

那夜开怀畅饮，庆功筵里齐酣
缁铢斤两论躯干，几注下肠臆断

四五酒杯不够，廿三日子一般
彼时此刻有仙丹，来日再说高看

与望之贤弟结伴，二十三天严格控制饮食，加强锻炼，
瘦了不少，庆功宴上却喝多了。
2014年6月1日

定风波 · 连日落雨

哪管夜来雨水间，不觉酣畅梦青莲
电闪雷鸣何处事，昨日，待得晨早下楼闲

雨燠　寒风有数，厥庶，南国孟夏雨连连
雨后但得菁绿境，欢庆，大街小巷几人眠

雨燠　寒风，五种气候，古人认为皆有预示。厥庶，意"就是这样"。此词有四个"雨"字。

2014 年 5 月 21 日

记梦

与君蘸甲三分醉，待我梦游丁夜清
一片芳原来顾盼，开怀贻笑有谁听

蘸甲，即喝酒。丁夜，即四更，丑时，凌晨 1~3 点。唐代杜牧《后池泛舟送王十》诗云：

相送西郊暮景和，青苍竹外绕寒波
为君蘸甲十分饮，应见离心一倍多

2014 年 4 月 30 日

有叹

有叹扶桑日舒光，法先效祖还景明
何时我辈及先爱，不忘春秋美柱楹

时叹日人保留很多我旧唐习俗。
李世民诗云："穿浪日舒光"。陶渊明《闲情赋》云："愿在夜而为烛，照玉容于两楹。悲扶桑之舒光，奄灭景而藏明！"《左传》云："丹桓宫楹"。
2014年4月20日

祭祖

时德再拜翠微间，日午多喝酒肆边
追远谨行无限意，坦然遐敬祖神仙

时祭祖毕，于村内酒肆与族兄饮。
2014年4月13日

三月甲寅回乡祭祖

梦中寄寓情，长路驾车寻
旧地生新境，前村衬后云
和鸣春帝意，长忆少年魂
祭祀东郊外，屈膝拜我神

时做回乡梦，次日即与宏伟贤弟成行。

戏题友欣句

一人也要好心情，独自更需欢唱吟
无酒怎能将就醉，不得随性忘神明

2014年4月6日

三月丁未过贺州兴作

姑婆山上多仙女，古贺城中有俊男
朝暮四时皆景色，翠明秀满胜仙寰

打油诗

寂静巽寮湾早晨，梦中鱼捕者鼾声
朝阳升起处清丽，春眠一夜雨没闻

承立平兄第一句。

榕湖之畔

榕湖之畔民国梦，三月时节寓旧情
湖面涟漪披雨起，柳枝娇绿伴风行

桂林榕湖的三月就是这样。早晨出门时看到酒店内广告：
"榕湖之畔民国梦"，一时兴作。

三月丙午清明与望之众昆季饮

焚锭茔旁思祗敬，望湖阁上谈五行
腐竹筵里将酒醉，晨晓窗前占雨停

时清明扫墓后回城，于望湖阁上与望之贤弟谈五行，晚
餐应邀腐竹宴，次晨春雨绵绵。

初七人日永吉遇雪

夜黑灯暗六出飘，炕热窗寒小烧操
明日当然风景色，皑白天下有凝妖

春节后，临时游吉林北大湖滑雪场，几日未出门，看书、改作。一日出门晚餐，坐于炕上，品东北小烧，窗外下雪，颇有滋味。

2014年2月11日

如梦令·@一三年

那夜连杯有几
归路不能自已
胡语乱言时
执意躬腰还礼
贤弟，贤弟
对酒当歌欢喜

时已酩醉，不能直行。东甲贤弟送余回家，问能否上楼，余再三答谢。后乙未岁书赠辉贤弟。

2014年1月26日

恬淡

慎独恬淡神清爽，防己微言志雅闲
菽水藜藿称喻后，箪食瓢饮赞夸前

《礼记·檀弓下》云："子路曰：伤哉！贫也！生无以为养，死无以为礼也。孔子曰：啜菽饮水尽其欢，斯之谓孝。"梁萧统《文选·曹植》云："予甘藜藿，未暇此食也。"

《论语》云："子曰：贤哉回也。一箪食，一瓢饮，在陋巷，人不堪其忧，回也不改其乐。"

2014年1月12日

一四年初周末与东甲君夜饮

辅车还系季昆事，晚酒先移醉汉情
醒后再约三五两，乱言相伴侃浮萍

最好笑的一首。时在美国一书店（BARNES & NOBLE）咖啡厅修改，因第二句自笑近半小时。

辅车，意相互依存。《左传》云："辅车相依，唇亡齿寒者，其虞虢之谓也。"

2014年1月10日

2013年（23首）

2013年末感作

夜半月明窗外霜，凑诗拼句懒中忙
广寒不妒移栽意，但照无言滋味长

唐代桂林籍诗人曹邺诗云："我到月中收得种，为君移向
故园栽。"
2013年12月28日

感先人之钻研

先贤煞费轻轩心，必效锱铢杖炬明
永世不移宏毅志，小成无意劝恭勤

晋代王嘉《拾遗记》载："刘向于成帝之末，校书天禄
阁，专精覃思。夜有老人，著黄衣，植青藜杖，登阁而进，
见向暗中独坐诵书。老父乃吹杖端，烟燃，因以见向，说开
辟已前。向因受《洪范五行》之文，恐辞说繁广忘之，乃裂
裳及绅，以记其言。至曙而去，向请问姓名。云：'我是太一

之精，天帝闻金卯之子有博学者，下而观焉。'乃出怀中竹牒，有天文地图之书，'余略授子焉'。至向子歆，从向受其术，向亦不悟此人焉。"

2013 年 12 月 4 日

十月十五亚婆六观狮子座流星雨

夜黑灯暗呈天象，月满参横伴贵星
岁次实沈仍照旧，似说韶运不当轻

亚婆六在从化，月亮在井宿，天盘酉近申，岁星在实沈，天盘卯近寅。

2013 年 11 月 19 日

癸巳季秋与均弟语

秩年评往事，来日换新装
击掌有昆季，开怀无迥惶

2013 年 11 月 18 日

感六守

太公六守与谁缘，还忆九州歃血前
洪范五德轻叙梦，却思三宝不成眠

六守，载于兵书《六韬》，即：仁、义、忠、信、勇、谋。《道德经》云："我有三宝，持而保之。一曰慈，二曰俭，三曰不敢为天下先。"
2013年11月13日

癸巳岁八月十二遇台风

吉日启离程，即期遇大风
泼淋欢海客，飘叶喜飞红

时在东京，风雨甚大。秋日红叶被大风吹起，漫天飞舞。泼淋，意大雨倾倒般。
2013年9月16日

感慨

各部尚书回旧地，诗声童稚乐轻盈
谁人论语思昔处，怪气洋俗烦禀形

旧时各部尚书告老还乡，私塾书声朗朗，孩童乐和融融。
今日还乡者愈少，城乡差别亦大。

2013 年 9 月 14 日

八月初九路过轻井泽

轻井泽边滴翠绿，深深庭院显闲清
店新道古人熙攘，精致细和无九形

九形，意形态之多，此处指杂乱。

忆德成叔

一壶浊酒泪痕连，几首轻歌语气绵
终世奔波缘底事，太多谈笑在心田

2013年9月10日

悼德成叔

当年谈笑短歌吟，今日潜然悲泪盈
翘首先人福地静，几声清句报安平

时自西班牙返港，落地即得信息，连夜赴渝。德成叔喜唱歌。

2013年9月9日

8月17日同学聚会

那日课堂一散去，卅年酒肆几相逢
颜容似故心非旧，岁月仍新命自荣

于桂林参加高中同学聚会，努力回想中学最后一堂课，未果。

2013 年 8 月 18 日

点绛唇·癸巳岁均弟生辰

窗外蓝天，早晨几许伊人蔚
心中深邃，比绽放花蕊

荏苒青春，倜傥来相会
看他日，纵横迈步，不遁亦不醉

《诗经》云："匪我伊蔚"。《周易·象辞》云："君子以独立不惧，遁世无闷。"

2013 年 8 月 9 日

感传统于今时

传统不知何处寻，宋时妓盗还作诗
文明只在千年外，今日士贤尽弄痴

《宋人千首绝句》中载妓女诗二首，今已绝矣。
扇对。
2013年7月25日

邕江夜

天下民歌留恋处，一时几调外夷风
邕江幻景花灯里，李赵无诗月向东

时于南宁，与友夜饮，见户外大屏"天下民歌眷念处"
句，然所闻乃西方歌曲，遂戏作诗。
2013年7月23日

大鹏所城游

洪武所城旧貌逢，艳阳午刻长夏中
游人闲逛过狭巷，清语徐来入老松

所城，建于明代洪武年间，一三九四年，以武闻名。时与呈民学长等游，歇于城内茶馆，在其凤凰老松下乘凉、闲谈。

2013 年 7 月 21 日

有感《尚书·洪范》

尚书几句传千古，天下精神从此殊
不论后先何样变，太一飞遁在天都

《尚书》是西周作品，其《洪范》一文首论五行，演为华夏文化之基础，变化无穷。宋人甚至有先天后天之说，实所有演变以太乙，即天一为中心。

2013 年 7 月 14 日

游溪头村

村边溪水顾村流，嬉戏稚童乐不休
清爽濯足闲意趣，时光无意更无愁

2013年7月11日

健康道理

圣人无所求，寒饿胜王侯
智者当明矣，不同岁月愁

人要经得起寒，挨得了饿，不可日日温饱，否则抵抗力全无。《大戴礼记·易本命》云："食肉者勇敢而悍，食谷者智慧而巧，食气者神明而寿，不食者不死而神。"

2013年7月6日

7月6日蛇口观星

蛇口观星椰树旁，幽明澄旷晚来凉
高谈曜宿旧时事，畅饮壶觞夏月光

五一登少室山

峻极山顶封坛处，四面八方旷魄神
可叹李唐遗旧址，无人细看卦中门

少室山顶有唐代遗址，细看竟是八卦。

访龙门石窟过伊河桥感怀小朋友唱歌

伊河桥上凉风阵，一众儿童唱赞声
剼壁岸西佛像久，几多信者叹青春

扇对。

访白居易园林感后人无诗

琵琶峰上有白园，乐氏堂边无伴声
只见恭维宗后众，不来谐趣和先人

白居易墓旁有很多白家后代所立碑，然少有诗，颇觉差
异，思其祖当不慰也。
2013年7月4日

癸巳仲春访重庆合川钓鱼城

钓鱼城上望三川，九口锅前忆彼时

万里驰骋攻地堑，一心建筑守天池

　　九口锅，景点，有以为当年兵工坊。从一二四三年到一二七九年，钓鱼城抗击蒙军36年，战斗200余次，被誉为"上帝折鞭处"，改变了当时世界战争格局。

2012年（10首）

同诸君游海南保亭

七仙岭里上高台，酒肆亭中浮大白
放眼四周觉怅惋，寒食惴惴又重来

2012年4月1日

因短信题陕西面条

帝王城下齿留香，一碗面条藏旧腔
酸辣鲜活千岁久，采真陕味自先唐

散步莲花山

天夕明旷步花山，气沁香迷百草观
惆怅文辞难表意，欲同美色轻语攀

无题

云腾雨骤天阴处，画意诗情骚客忙
眼放睛张穹宇下，武征文治能者王

扇对。

赴珠峰大本营

白云飘映黄沙路，山岳驻息世外穹
无意身边千万景，有心天下第一峰

佩兰云：“后两句对联，横批：心中有梦。”

云台山游记

汉将湖边红扮峡，七贤路上暮妆灯
云台美景藏飞瀑，修武古城传旧闻

汉将湖即子房湖，传汉张子房曾到。七贤路在修武县，源于魏晋竹林七贤。云台即修武县云台山，飞瀑即云台山瀑布。旧闻即周文王兴兵伐纣，经宁邑遇雨，遂修兵练武之事，后地名修武。

五月六日衡岳道观旁作

紫竹林畔倚石台，道上行人似水来
闲处作诗期伙伴，随机占卜天练材

时值五一假期，衡山上游客如织。

动天机

日夕静谧漫行迤，山气爽凉岭见稀
银汉星繁争闪烁，胸田意趣动积疑

时于梅州阴那山顶观星，天气甚好，繁星当空，然颇爽凉，且无游客。

2012年12月11日

六日之行

六日沉酣走四城，布衣三友率性呈
启穿轻履有闲事，批戴羽衣无旧痕

壬辰岁仲冬与勇、宏伟等贤弟访成都、重庆、信阳、上海四地，沿途畅饮十六次而无醉感，寒冬时节着薄衣，痛快也。

《史记·范雎蔡泽列传》云："寡人闻君之高义，愿与君为布衣之友，君幸过寡人，寡人愿与君为十日之饮。"

壬辰冬因短信而作

昨天晨早中蒙雨，今日晴明万里云
嘉月不当冬季月，目巡之后再心巡

中蒙，意中途昏蒙。嘉月，即阴历十一月。毛泽东《送
瘟神》诗云："坐地日行八万里，巡天遥看一千河。"

2011年（31首）

桂平西山乳泉亭陪母亲大人品茗

龙华寺外龙华树，旧井旁边亭驿间
追忆采风勤敏事，品茗滋味沁心田

十月三日，陪母亲大人游父亲大人曾游之桂平西山，在乳泉亭旁饮茶，谈起父亲往事。母亲说："你父亲当年采风，写剧本《太平天国》，在这里呆了一段时间，想起来条件很辛苦，非常不容易。"

访桂平罗从岩

僻壤乡间藏胜地，罗从岩里隐幽闲
周程光顾蒙荫后，不化羽仙何复言

罗从岩，道家七十二福地之一。周程，即周敦颐和程颐、程灏兄弟，皆通易经，传曾到此。然皆著书教学，非道，儒也。

后读白居易《读老子》一诗，颇有同意。其诗云：
言者不如知者默，此语吾闻于老君
若道老君是知者，缘何自著五千文

访金田乡犀牛岭

犀牛岭上太平旗，瘠壤乡中起义军
古树难留刀火迹，浓云似演地天魂

犀牛岭，金田乡一山岭，一八五一年，太平天国洪杨在此起义，震惊九州。

日行千里之高原印象

山随云朵多浮幻，云现各形百样情
雾日胜开千处景，雄绝伟岸万般明

2011年9月21日

西藏云山印象

白云苍狗比还攀，映照群山色各斑
众壑峥嵘巍峭立，收得霓彩做新襕

高原格桑花

高原一望路飘扬，山彩天蓝湖碧光
朴秀格桑呈异趣，不同关内满庭芳

九月廿五凌晨乘车自普兰至拉萨

寅时别路普兰城，谧静轻倏车快行
才晓高原穹宇阔，惊神痴看满天星

    时不到晨五点，因高原反应返拉萨。一望车窗外，平生第一次看到自地平线始，星满天空，无限诧异、好不激动。

9月24日访阿里岗仁波齐

一湖碧澈远连巅，雪岭白云携衬天
圣水神山仙府景，空绝绮丽落人间

一湖碧水，即那木那措湖。高原上，蓝天白云雪山相映融合，景象非凡，内地不见。

七夕梦

七夕阆苑会天仙，异域清晰在梦间
倦怠还嬉诗后戏，精神又扮醉时妍

七七做梦，遂戏作诗，时于韩国。

点绛唇·遥祝正之贤弟生日快乐

辛卯初秋，静听窗外新时雨
心情何去，遥远南国里

俊雅英姿，潇洒度轻履
风荷举，韶华永续，识尽人生趣

时于首尔酒店，看窗外绵绵细雨，秋雨也，余独坐窗前。

题长安古城

八水潺淙相伴行，渭涝灞浐几围中
周秦唐汉京城景，四代江山万代功

旧长安城八水回环，现正力复昔貌。

登险华山

苍龙岭上势逼人，金锁关前险迫魂
西岳峥嵘谁诧异，谁人哭泣谁笑闻

华山有昌黎哭、赵老笑传说。

夜登华山

高峻华山灯夜上，陡削遐路笑声多
子童四伴相勤励，不惧深渊不惧坡

辛卯岁六月廿二大暑前，十众夜登华山。

夜登华山乃惯例，恰七月二十二日，子厚殷勤计算时辰，劝余子时准用食，其情其景，如在眼前，似于昨日。自晚十时至晨五时，始攀顶，十众四童六长，八人登峰，共费七时，实乃难得。余亦第二次。

戏谈秦皇未卜而臆

兵马俑前论始皇，此时再忆彼时煌
不著胡亥扶苏事，魂梦子孙万世强

七月廿一到临潼秦始皇陵

雨雾迷茫到骊山，恢宏帝冢又重来
瞻前征战六国事，仰此垂名万世才

任何人都不可与时间作对、与自然作对、与人类作对。

到玉门关

驱车只为玉门来，远处荒芜旧汉台
难忆古时关外事，笑谈之际月稀白

玉门关传有汉城墙。然一众游兴浓厚，纷照相留念，不觉天色已暗。

到敦煌雅丹国家地质公园

浑茫戈壁鬼城异，溢彩风光西域奇
万态万姿岩壑趣，石神石煞布迷离

阳关

千载人稀魔鬼滩，英雄自古过阳关
边疆烟火征杀事，都为江南绿似蓝

作于七月十九日，甘肃敦煌。

雅丹，又称魔鬼城，相当壮观，敦煌附近，国家地质公园。其内一景，名英雄关，传有英雄过阳关故事。

访阳关思汉时旧事

无边戈壁好荒洪，但想骑兵旧影踪
难忘挥鞭天马事，大军十万向西冲

天马事，传说汉代旧闻。天马在贰师城，汉武帝为寻之发动了几次战争。

莫高窟游

戈壁荒茫赊望长，骆驼刺草衬凄凉
三危山下悬崖处，绝世佛龛惊赫煌

七月十八日，与众孩童及父母游莫高窟，风景壮观，作诗一首。

祭父

读罢父诗难自量，二年过去恐还惶
桌前再念千文祭，夏雨肃杀儿寸肠

辛卯岁父亲大人祭日，组织父亲诗词欣赏会。其后难受独坐，见窗外黑云，后雨雾迷蒙。遂作诗抒怀，以为天意矣。
千文祭，乃余与姐弟合作之《祭父千字文》。

六月四日晨七时去观澜北戴球场途作

清晨宿醉驾车行，阳路朝霞伴乐音
弦动切嘈生逸趣，分明诗意动诗情

三日夜饮至丑时，小憩未已，即欲驾车。于酒店遇接待，言如此酒意，当勿自驾。未从。途中闻吉他，顿感爽朗，似与近日注释之父诗有同妙之处。遂作七绝，以彰情景。此乃吉他弦乐纯粹而悠扬，无任杂音，似于好诗，静静品味，方觉其妙。

高尔夫打油诗

全身稳定勿摇移，舒展上杆缓更宜
双臂放松轻手甩，贴身向外自然齐

二〇一一年五一假期，同健兄于九龙山打球，作诀自娱。

香港游有感

　　午时香港乐园闲，薄雨滋身蔓草延
　　稚子欢呼还雀跃，今番觉悟是中年

　　二〇一一年三月廿七日，与二子游香港海洋公园，时逢
细雨，顿觉中年至矣。

辛卯岁日本地震感作

　　灾祸发生于顷刻，悲伤永驻在心间
　　幼孩与老人同去，欢笑伴回忆无边
　　官鬼和平民共眠，功名随瓦砾淡恬
　　富贫恩怨只消失，石玉是非都无渊
　　生命但遭遇大难，才知觉抑郁卑谦
　　得失顺逆皆天意，还要今生识散闲

青城后山游

晌午悠闲翠绿趣，几番兴致后山集
水亭树雾桃源现，烟火茶牌酒肆迷

二〇一一年一月廿一日，午后与望之贤弟游青城后山，到一茶馆，见众人柴烟取暖、嬉笑聊天、下棋打牌、喝茶饮酒，甚是有趣。

青城山大雪时写作

青城山下裹银装，一觉醒来见瑞祥
欲感苍穹勤用力，群峰看我写书忙

时方动笔写术数基础理论书籍，正归纳神煞部分。

2011年元月20日

庚寅岁末到青城山过成都

未时动组到蓉城，大雪纷飘惹众身
幻是北国冬暮夜，白皑天府喜迎春

动组，即动车组。
2011年元月17

南滨

昨夜南滨楼上聚，黎明各自赴东西
世间何所促急事，且把相逢他日期

2011年元月17日

赠友

檀案香边酒气微，憨痴不礼语还嘿
嘉陵江畔华灯影，弯道迷离怕醉归

语嘿，即语默，《易·系辞上》云："君子之道，或出或
处，或默或语。"唐代祖咏《答王维留宿》诗云："语嘿自相
对，安用傍人知。"
2011年元月13日

庚寅岁腊八与浩生夫妇同游阆中古城

阆苑城楼岁末时，三折登望四围中
烟飘几缕停江上，祖护群山还抱拥

2010年（14首）

庚寅冬桂林堪舆遇术士有感

相士弃司南，雌黄信口翻
堪舆无法度，寻地靠呢喃
蛊惑任君听，忽悠何尔堪
无良无术者，痈骗让人烦

时遇一自称术士，信口雌黄，不用罗盘，妄言凭梦，骗子。

看地偶遇

堡里乡中遇老民，素衣慢步垄边行
驻足探问江村事，竟话三山丙午丁

时在永福县堡里乡相地，酉时，遇一乡人，问其村事，其开口即说丙午丁风水，余颇诧异。

2010年11月21日

出行

急匆离友去，平泛入云霄
分手才三日，合来似几朝
艳阳爬顶巅，明月挂枝梢
两地多闲事，何如脑后抛

2010 年 11 月 16 日

乘车自莫斯科去圣彼得堡

苍茫树木尽凋零，冬季北国甲令明
孤寞列车谁相伴，飘花公主独自行

甲令，意最重要的命令，此处指下雪，即大自然之命令。
飘花，即雪花。

2010 年 10 月 23 日

再次莫斯科苏维埃酒店

圆柱阔廊诉旧前，九年再见念当年
此时追忆彼时事，好想陪君再逸闲

九年前陪父母来莫斯科，次此。父亲大人很喜欢其古旧风格，白色大理石、宽阔的走廊、高高的屋顶。

秋访巴马县长寿村

驱车巴马近重阳，路转鸟雌菊已黄
碧水九渊流叹去，寿婆百岁往行忙

时农历九月初八，近重阳节，陪母亲大人回广西，与二姐及姐夫、勇贤弟及弟妹一道。到巴马县，见到如外婆年纪之老人，母亲大人非常开心。时十余百岁寿星出门参加庆典，皆无搀扶，面色红润，真如桃花，远好过如今很多三四十岁的人。

雌，音邕，鸟和鸣声。

2010年10月15日

中秋节思念先人而作

佳期欢聚处，星去早晨明
闲暇多怀旧，良辰更念亲
每年节日重，一岁四时轻
惆怅君不在，无言楼下行

高尔夫打油诗

个中无味道，今世怎追求
岭异风光变，杆殊趣味同
洞边姿势看，台上契机谋
一到绿茵地，担忧犯旧愁

庚寅中秋思父

　　节日思无限，吉时愁寸肠
　　月圆没到处，欲泪更心惶

戏题九月十七日聚

　　昨夜歌声洒满屋，清晨宿醉伴薄铺
　　回思彼刻高音颤，还感此时内耳舒

访奥古斯塔

月在枝头千万静，人来亭下几多香
茶烟相较时差事，还待晨游绿浦旁

时在奥古斯塔，观大师杯赛，因时差早起，天尚未亮，独坐花园，喝茶抽烟。

水调歌头·庚寅岁思念父亲

笼雾几天久，春意卅年间
回头逝去岁月，只想续前缘
今夜似来相聚，但坐相持不语，心挚坦相牵
惆怅梦惊醒，不在美人边

赏荷莲，听布谷，似眼前
境仙景胜，春天美梦赛新年
长短逍遥欢聚，次第恍惚韬略，幻想有团圆
挚爱永长久，执手不寒暄

时在江西赣州。
2010年5月3日

庚寅岁阳历四月三日到赣州

匆忙赶路行千里，光景还需趁顺风
方术奇门谈兴重，不觉已入赣城中

中秋夜

游人雅坐盏茗前，金海湾边尽是闲
但想举杯寻醉意，中秋夜半语难言

中秋夜饮于惠州金沙湾。时陪母亲大人，其日思不食，但饮。

其他（9首）

游武隆

乌水百折过大山，天坑万险渡滑竿
巴国雨雾奇观处，千载骚人词语欢

时与浩生贤弟乘车游武隆。
2009年9月19日

驱车婺源路上

群峦叠嶂绿，弯路隧中忙
戏语评茶饭，吟诗搜肚肠

时至江西婺源路上，感沿路风景之壮观。

应县木塔

北辽萧后建高楼，百尺千秋立世间
后到哪知先到意，寺庵庙宇缀街前

2009年8月15日

五台还愿祈行之二

五台早起可翩旋，试马先行智慧泉
旧日清凉乾帝庙，今时乱草马夫田

2009年8月14日

卜算子·昨日驾车到北海

昨日几同行，驾到银滩晚
好似南国访旧识，把海风轻揽

梦系秩年前，携手白沙畔
下午闲来论庙堂，再看天将暗

2008 年 12 月

浪淘沙·楼下尽欢颜

楼下尽欢颜
昼夜堪眠
心绵意乱引青烟
分手不觉三五日
仿已经年

梦里似相言
云碧蓝天
品茗谈笑丽江边
花露草烟人似醉
恍若天仙

2008年11月8日

长相思·无题

颖州湖，汴州湖
西子风情今有无，几时芳草芜

情未枯，意未枯
小曲长歌清梦初，缘何有尽乎

虞美人·感短信而作

万般鸿雁还觉少，只愿佳人俏
长亭短栈路途迢，书寄柔情伴我上云霄

伊人笑语书中现，字里行间辨
信中但问几时回，只待晚来风速付心随

二〇〇八年阴历十月作。

长亭怨慢·九四年清明于桂林

日长见，窗前青树
正是清明，燕翔莺舞
好雨知心，雾轻烟淡泛舟处
画栏垂絮，风掠面，花摇露
烂漫景光时，怎会把韶华虚度

辟路

有东君鼎力，荡尽败枝无数
经年探索，付与了几多劳苦
且看我，奋力往前，御鞍马，征程休驻
纵有甚艰辛，称得人生情趣

此词在整理父亲大人遗物时发现，父亲抄下来并写有
"刘新所作"四字，后渐回忆。

天文术数类（24首）

合诀

代合德合贵人合，进位退位移位冲

生克勾合离有五，总之合里有精工

此乃术数之合，基于六合。故理解合，要细致深入，如古人总结，不得马虎。

2015年11月23日

地支关系诀

木本水末金火乡，冲刑为破不徜徉

六合又见六害义，恃势无恩无礼降

为十二地支刑冲破害而编顺口溜，方便记忆。

2015年8月30日

删减《烟波钓叟歌》

吉门偶尔合三奇，万事开三万事宜
更合从旁加检点，馀宫不可有微疵
三奇得使诚堪使，六甲遇之非小补
乙逢犬马丙鼠猴，六丁玉女骑龙虎
又有三奇游六仪，号为玉女守门扉
若作阴私和合事，请君但向此中推

太冲小吉与从魁，地户除危定与开
天三门兮地四户，此是天门私出路
六合太阴太常君，三辰元是地私门
太冲天马最为贵，卒然有难宜逃避
剑戟如山不足畏

三为生气五为死，能识游三避五时
三奇入墓好思推，此时诸事不须为
又有时干入墓宫，戊戌壬辰兼丙戌
癸未丁丑一同凶。

若见三奇在五阳，偏宜为客自高强
忽然逢着五阴位，又宜为主好裁详
伏兵但向太阴位，若逢六合利逃形
天遁月精华盖临，地遁日精紫云蔽

人遁当知是太阴，　生们六丙合六丁
此为天遁自分明，　开门六乙合六己
地遁如斯而已矣，　休门六丁共太阴
欲求人遁无过此

庚为太白丙荧惑，　六庚加丙白入荧
六丙加庚荧入白，　白入荧兮贼即来
荧入白兮贼须灭，　丙为悖兮庚为格
格则不通悖乱逆，　丙加天乙为直符
天乙加丙为飞悖

庚加日干为伏干，　日干加庚飞干格
加一宫兮战在野，　同一宫兮战于国
庚加值符天乙伏，　值符加庚天乙飞
庚加癸兮为大格，　加壬之时为上格
又嫌岁月日时逢，　加己为刑最不宜
更有一般奇格者，　六庚谨勿加三奇
此时若也行兵去，　匹马只轮无返期

六癸加丁蛇夭矫，　六丁加癸雀投江
六乙加辛龙逃走，　六辛加乙虎猖狂
丙加甲兮鸟跌穴，　甲加丙兮龙返首
伤宜捕猎终须获，　杜好邀遮及隐形
景上投书并破阵，　惊能擒讼有声名
若问死门何所主，　只宜吊死与行刑

辅禽心星为上吉，冲任小吉未全亨
大凶蓬芮不堪使，小凶英柱不精明
大凶无气变为吉，小凶无气亦同之
与我同行即为相，我生之月诚为旺
废于父母休于财，因于鬼兮真不妄

急则从神缓从门，三五反复天道亨
天目为客地为主，六甲推兮无差理
宫制其门不为迫，门制其宫是迫雄
天网四张无路走，一二网低有路通
三至四宫行入墓，八九高强任西东
虫禽尚自避于网，事忙匍匐出门墙

2015年8月4日

黄道十二星座诀

瓶鱼羊牛长，子蟹狮女忙
何处秤蝎是，射摩好细详

黄道十二星座是：宝瓶座、双鱼座、白羊座、金牛座、双子座、巨蟹座、狮子座、室女座、天秤座、天蝎座、射手座、魔羯座。

2015年3月10日

北半球可见黄道南廿九星座诀

鱼鹤鹃凰鲸炉江，猎兔鸽犬犬麒祥
船尾底帆罗盘下，六仪巨爵乌蛇长
十字马狼天坛远，南冕印安孔雀茫

六句对应如下：1）南鱼、天鹤、杜鹃、凤凰、鲸鱼、天炉、波江，2）猎户、天兔、天鸽、小犬、大犬、麒麟，3）船尾、船底、船帆、罗盘，4）六分仪、巨爵、乌鸦、长蛇，5）南十字、半人马、豺狼、天坛、望远镜，6）南冕、印第安、孔雀。

北半球可见黄道北廿九星座诀

王后飞马女三虎，英仙御夫天猫狮
犬后牧夫冕巨蛇，武仙蛇夫盾牌持
鹅琴狐箭鹰豚马，小大熊鹿豹龙执

六句对应如下：1) 仙王、仙后、飞马、仙女、三角、蝎虎，2) 英仙、御夫、天猫、小狮，3) 猎犬、后发、牧夫、北冕、巨蛇，4) 武仙、蛇夫、盾牌，5) 天鹅、天琴、狐狸、天箭、海豚、天鹰、小马，6) 小熊、大熊、鹿豹、天龙。

又：1) 蝎虎，螣蛇一，3.8等，邻接仙女、仙后、仙王、天鹅、飞马。2) 狐狸，位于天鹅座南，天箭座与海豚座北，座中"哑铃星云"即M27星云，7.6等。3) 鹿豹，位于天球北部，邻接小熊、仙王、天龙、大熊、天猫、御夫和英仙，瘦高挑型，星暗过4等。

次十亮星诀

马腹一先牛郎星，毕五十二心二西
角一北河三北落，津四十三次第依

星空中11到20位明亮星座是：

11 .61/330/马腹一/半人马

12 .77/16/河鼓二（牛郎）/天鹰

13 .85（var）/60/毕宿五/金牛

14 .87（dbl）/350/十字架二/南十字

15 .96（var）/500/心宿二/天蝎

16 .98/350/角宿一/室女

17 1.14/35/北河三/双子

18 1.16/22/北落师门/南鱼

19 1.25/1800/天津四/天鹅

20 1.25/500/十字架三/南十字

前十亮星诀

天狼老人南门二，大角织女五二栖
参七南河三跟上，水委一来参四齐

1 –1.46/8.6/天狼星/大犬

2 –.72/80/老人星/船底

3 –.27（dbl）/4.3/南门二/半人马

4 –.04/30/大角/牧夫

5 .03/25/织女一/天琴

6 .08/40/五车二/御夫

7 .12（dbl）/700/参宿七/猎户

8 .38/11/南河三/小犬

9 .46/80/水委一/波江

10 .50（var）/500/参宿四/猎户

格诀

庚是格来丙为悖，格隔悖逆罔无情
贼来庚丙白荧入，敌去丙庚荧白行
六丁加癸雀投江，藏癸傍丁蛇夭娇
六乙加辛龙逃走，辛若克乙虎猖狂

格诀二

庚是格隔丙悖逆，丙庚敌去反入荧
雀江丁癸夭娇逆，逃走乙辛不猖行

八门诀三

生门丙女开乙己，天地人来休阴丁
丁地乙阴丙合看，九遁三诈总是情

八门诀二

休贵生财开远明，猎捕刑竞索用伤
避隐杜来试食景，吊捕葬死惊讼强

休，皆宜，息、养、谒、非正式。生，皆宜，长生、生意。开，皆宜，竞、私曝。伤，猎捕、刑、竞、索、血光，余凶。杜，躲灾、隐身，余难。景，试、食、讼、宜，小吉。死，吊、捕、葬，余凶。惊，刑、讼、惊、捕，余凶。

八门诀

门宫义比制和迫，制看吉凶都不添
迫却损吉凶更甚，吉凶义比意当先

遁甲九星诀二

任蓬冲辅禽阳星，英芮柱心阴宿名
禽辅心吉冲任次，芮蓬太难柱英停

旺同待我相生看，废母休财囚鬼图
九曜为天知晓义，芸芸一任悟清音

遁甲九星意诀

蓬为安保芮结友，冲可出军辅礼情
心药禽福柱屯匿，任来庆谒英乐行

2014 年 11 月 30 日

九星词

天蓬竞讼胜捷名，生与丙乙有昌兴
天芮友师授交吉，奇难益
天冲雷祖出军宜，天辅草民利

天禽巫工远行吉，营葬行财谒皆宜
高道天心仙医当，柱守藏
富室天任事还旺，炉火百事放

西江月·九星八门诀

嫁产葬营祀宴，行迁官赴财商
辅禽心任开休张，谒吊医谋友旺

军讼刑冲猎捕，竞收还要蓬伤
避藏柱杜总为强，恐吓只得惊亢

诈神诀

符能百事蛇复惊，阴可谋伏合匿行
陈虎败凶玄盗损，伏藏九地九天兵

乙玉兔临九宫诀

投泉入坤出扶桑，乘风天门女受强
步贵当阳总相悦，乙为玉兔好端详

旧称：玉兔投泉、玉兔入坤、日出扶桑、玉兔乘风、玉
兔天门、玉女受制、玉兔步贵宫、玉兔当阳。

丙月临九宫诀

丙火烧壬子居母，月入雷门火风行
天成天权风折翅，凤入丹山照端门

旧称：丙火烧壬、子居母舍、月入雷门、火起风行、天
成天权、凤凰折翅、凤入丹山、月照端门。

丁雀女临九宫诀

朱雀投江不敢当，玉女地户游最明
美女留神天门火，升殿乘云乘龙行

旧称：朱雀投江、玉女游地户、最明、美女留神、火到
天门、贵人正殿、玉女乘云、乘龙万里。

2014 年 12 月 15 日

十二神意诀

后女大吉田曹迁，吏冲罡杀太一褒
胜祀吉婚送掩捕，从死河病明辟召

萧吉《五行大义》云："神后主妇女，大吉主田农，功曹
主迁邦，大冲主对吏，天刚主杀伐，太一主金宝，胜先主神
祀，小吉主婚会，传送主掩捕，从魁主死丧，河魁主疾病，
微明主辟召。"

奇门起局诀

局地旬首看星门，随时排飞有天仪
符星干上门支计，神契加时星首齐

藏干简诀

子癸丑中辛己添，寅甲丙戊卯乙查
戊辰乙癸巳庚丙，午己丁后未乙加
申庚壬戊酉藏辛，戌辛戊丁亥壬甲
乙丙趋戌辛壬辰，丁庚纳丑癸甲神

已有藏干诀，想更简练，还是不够。
2014年12月1日

自认为佳句

千载故闻当野趣，一年锐志现华篇。P15
谁人能比诗家子，写首七言销病愁。P19
高山毕竟发源地，大海原来终老方。P35
唯有时光一样去，难和各色谈雌雄。P42
蓝天日月相陪衬，嘉世朝夕莫辨腾。P48
何处苦思当日事，路边谩忆往昔愁。P53
当下还应翻旧帙，不能忘却古人生。P97
汉人汉字汉服美，今世今生今喜欢。P108
山高水落各其度，风去云飘自我行。P121
逐日愚勤依旧事，从今慧勉换新裳。P133
后人渐忘先人训，糊表呆萌庸滞情。P152
万万千千都有尽，不如举酒醉时休。P153
从今不看来时路，誓领兢勤翘楚先。P156
那夜连杯有几，归路不能自已。胡语乱言时，执意躬腰
还礼。贤弟，贤弟，对酒当歌欢喜。P170
颜容似故心非旧，岁月仍新命自荣。P177
无意身边千万景，有心天下第一峰。P185
雾日胜开千处景，雄绝伟岸万般明。P190
倦怠还嬉诗后戏，精神又扮醉时妍。P192
嘉陵江畔华灯影，弯道迷离怕醉归。P203
戏语评茶饭，吟诗搜肚肠。P211

后记·最难事也

本集继二〇一〇年出版《己丑杂诗》，收有截止二〇一六年底，余作三百九十六首诗词，词占约百分之十，有些与术数相关的收录于拙作《中国古代术数基础理论》。

本集初成于二〇一六年秋，时已改四稿，后拖延松怠，一年后重拾。本想落笔付梓可就，又觉平仄诗意不佳，遂再深研格律救拗，琢磨境地字句，勾涂反复，竟廿三稿。其中十三稿找出十七孤平，十五稿又改一百〇五处，二十稿还有两处三平脚……原拟删之诗，竟成心中上品，如《赴珠峰大本营》联句"无意身边千万景，有心天下第一峰"。

正如北宋唐庚所云："诗，最难事也……作诗甚苦，悲吟累日，然后成篇……明日取读，瑕疵百出，辄复悲吟累日，返复改正……"

的确，要想写出好诗，太不容易了。

刘三七
二〇一七年十二月六日于办公室

诗稿修改记录

版本	共修改标题	共修改诗词	共修改注释	共修改页数	修改时间
第二稿	6	80	79	150	2016年08月22日
第三稿	36	315	113	334	2016年08月26日
第四稿	10	91	37	120	2017年08月07日
第五稿	20	158	55	201	2017年08月15日
第六稿	11	111	34	136	2017年08月26日
第七稿	19	150	107	218	2017年09月07日
第八稿	36	212	96	259	2017年09月18日
第九稿	3	32	17	49	2017年10月10日
第十稿	55	79	27	137	2017年10月16日
第十一稿	2	15	4	20	2017年10月22日
第十二稿	3	37	23	58	2017年11月04日
第十三稿	15	70	48	114	2017年11月12日
第十四稿	1	12	2	15	2017年11月22日
第十五稿	10	80	28	105	2017年12月06日
第十六稿	1	31	35	66	2018年01月03日
第十七稿	3	24	30	58	2018年01月06日
第十八稿	2	1	5	7	2018年01月15日

版本	共修改标题	共修改诗词	共修改注释	共修改页数	修改时间
第十九稿	5	31	32	65	2018 年 03 月 03 日
第二十稿	7	12	81	96	2018 年 07 月 29 日
第廿一稿	1	1	163	109	2019 年 07 月 04 日
第廿二稿	-	103	31	104	2019 年 07 月 11 日
第廿三稿	-	6	6	12	2019 年 07 月 17 日
第廿四稿	1	1	2	-	2021 年 03 月 23 日
第廿五稿	2	53	91	-	2021 年 03 月 29 日
第廿六稿	1	29	96	-	2021 年 04 月 12 日
第廿七稿	1	349	47	190	2022 年 09 月 29 日
第廿八稿	-	-	-	-	2022 年 11 月 07 日
第廿九稿	-	13	51	2	2022 年 12 月 09 日
合 计	251	2，096	1，340	2，625	2022 年 12 月 09 日

2022 年 12 月 09 日罗沙统计至廿九稿。